RONNIE VON

O PRÍNCIPE QUE PODIA SER REI

RONNIE VON

O PRÍNCIPE QUE PODIA SER REI

Antonio Guerreiro
Luiz Cesar Pimentel

Planeta

Preparação:	Adriana de Oliveira
Revisão:	Gabriel Hee Kwak
Coordenação editorial e revisão:	Oliva editorial
Projeto gráfico e diagramação:	Fabio Alves Melo
Capa:	Compañía
Imagens de miolo:	Arquivo pessoal Ronnie Von
Imagem de capa:	Reprodução Primeiro Disco
Imagem de quarta capa:	Eduardo Enomoto

CIP-Brasil. Catalogação na Publicação
Sindicato Nacional dos Editores de Livros, RJ

G965r

Guerreiro, Antônio
Ronnie Von, o príncipe que podia ser rei / Antônio Guerreiro, Luiz Pimentel. - 1. ed. - São Paulo : Planeta, 2014.

ISBN 978-85-422-0388-2

1. Von, Ronnie, 1944-. 2. Artistas - Brasil - Biografia. I. Pimentel, Luiz. II. Título.

14-13388 CDD: 927.0981
CDU: 929:7036(81)

EDITORA PLANETA DO BRASIL LTDA.
Rua Padre João Manoel, 100 - 21° andar - Conj. 2101 e 2102
Edifício Horsa II - Cerqueira César
01411-901 — São Paulo — SP
www.editoraplaneta.com.br
atendimento@editoraplaneta.com.br

Ao meu filho Guilherme. O cara
que eu quero ser quando crescer.

Antonio Guerreiro

Para Nina, Lola, Telma, Felícia e
Glaucio, minhas provas de que existe
uma luz que nunca se apaga.

Luiz Pimentel

PRÓLOGO

Em 1966, ele já era o cara. Comandava o *Programa Jovem Guarda*, na TV Record, era líder de audiência nas tardes de domingo e arrastava multidões de meninas histéricas por onde passava com seus carrões. Na ausência de um termo divino para designá-lo, aceitou apenas a realeza. Era o rei, o absoluto, o incontestado. Se quisesse, podia. Não havia muita distinção entre os dois verbos para aquele rapaz capixaba que assombrava o Brasil com seu sucesso. E tudo o que Roberto mais queria era seguir em frente sem ter seu trono ameaçado. Mas tal qual o conto de fadas, o espelho diante de si lhe disse outro nome que não o seu. O que pretendia o tal de Ronnie Von a quem Hebe Camargo apelidara de Pequeno Príncipe? A alcunha só reforçaria a rivalidade nascida no Reino da rua Augusta e adjacências de uma capital paulista fanática por seus ídolos.

Roberto Carlos sabia que Ronnie Von era um adversário à altura do seu poder.

Hoje, quase cinquenta anos depois, quando se olha em retrospectiva a carreira dos dois, pode soar despropositada essa afirmação, mas naquela época, definitivamente, não era. Se existiu alguém para disputar com Roberto Carlos o posto de O Queridinho do Brasil, esse sujeito foi Ronnie Von, mais do que Jerry Adriani e Wanderley Cardoso, para citar os outros dois artistas da mesma geração que chegaram próximo de tal façanha.

Assim, para os mais jovens, sobretudo, que fique registrado: o Brasil já teve uma batalha entre um Rei e um Príncipe. Ambos eram carismáticos e talentosos. Também eram jovens e bonitos, só que Ronnie era ainda mais jovem e bonito. Além de ser mais elegante, sofisticado, inteligente e ter dois holofotes no rosto moreno, que alguns, precipitadamente, chamavam de olhos.

Por isso, quando em 15 de outubro de 1966, Ronnie estreou *O Pequeno Mundo de Ronnie Von*, na mesma Record, Roberto Carlos sentiu o seu castelo estremecer. Nos bastidores, alguns pauzinhos foram movidos e os convidados do Jovem Guarda ficaram impedidos de entrar no mundo de Ronnie. Mas, apesar disso e da gritante carência de recursos, o programa decolou. Decolou tanto que apenas dois meses depois, segundo conta quem estava no estúdio, o Rei teria colocado uma foto do Príncipe na sua frente e cantado, com a ajuda dos pulmões e do fígado, a música "querem acabar comigo/isso eu não vou deixar".

Por aqueles dias, Ronnie tinha protagonizado uma cena difícil de acreditar e que, provavelmente, nunca mais se repetirá. Comandando o seu próprio avião, o cantor foi recebido em Florianópolis por uma legião de súditos estimada em quinze mil pessoas pela polícia. Aqui vale um lembrete: levando-se em conta a população da cidade na época, essa enxurrada de homens e mulheres em êxtase hoje equivaleria a quarenta mil. Era tanta gente que nos quinze quilômetros que separavam o aeroporto do hotel onde Ronnie ficaria hospedado, era raro ver um espaço que não estivesse ocupado por uma mão acenando.

Protegido pela polícia do Exército, Ronnie Von teve ali a noção exata do fenômeno em que se transformara.

E Roberto Carlos também.

A essa altura, Ronnie já fazia um show por dia e, a cada apresentação, milhares de jovens viviam uma espécie de catarse coletiva. Com as mulheres, claro, esse delírio virava um furor hormonal. Numa época onde o recato era o padrão exigido para as chamadas "moças de família", várias fãs acampavam por dias na porta da casa de Ronnie. Mesmo sabendo que ele era um homem casado.

O Rei não poderia imaginar, mas o ano seguinte seria ainda mais trágico para o seu reinado.

O destino ou, quem sabe, as orações do pai que, sem querer, o lançara neste mercado, fizeram com que Ronnie Von e Carlos Imperial, dois personagens tão semelhantes na música e na vida quanto Zeca Pagodinho e Milton Nascimento, se encontrassem. Monstro da história da Música Popular Brasileira, embora hoje esquecido, Imperial foi o homem que impulsionou, entre outras, as carreiras de Elis Regina, Wilson Simonal, Clara Nunes e... Roberto Carlos.

Nascido na mesma Cachoeiro do Itapemirim (ES), foi Imperial quem produziu o primeiro disco do Rei e era chamado de "papai" por ele.

Para dar ainda mais dramaticidade a essa disputa, é bom ressaltar que o papai do Rei deu ao Príncipe o melhor presente da sua carreira. "A praça", de autoria de Imperial, teve uma das maiores vendagens da história da música popular brasileira e instalou Ronnie Von, de vez, no panteão dos gigantes.

Naquele momento, houve quem pensasse que um reino seria pequeno demais para aquele Príncipe. Que talvez a denominação divina que faltava ao outro ganhara um dono.

Talvez. Porque não foi bem isso o que aconteceu.

1

O planeta não andava em sua fase mais bucólica em 1944. Todas as grandes potências do mundo estavam envolvidas na Segunda Guerra Mundial. O conflito ceifou mais de cinquenta milhões de pessoas. E o homem que encarnava essa barbárie estava no dia 20 de julho daquele ano em uma cabana no local conhecido como Toca do Lobo (Wolfsschanze), na então Prússia Oriental.

Adolf Hitler encontrava-se no quartel general secreto, onde atualmente fica a Polônia, quando um grupo de oficiais das forças armadas, insatisfeitos com o rumo da guerra, tentou matá-lo. Era parte do golpe de Estado baseado na operação que foi batizada conforme uma flor, Valquíria.

O coronel Claus Philipp Schenk Graf von Stauffenberg, que perdera uma mão, mais dois dedos de outra e um olho em combate no ano anterior, chegou para a reunião com o Führer carregando uma pasta com um quilo de explosivos. Saiu da sala forjando a urgência de realizar um telefonema e a bomba explodiu. Dos presentes, quatro morreram e onze ficaram feridos. Hitler foi um deles.

Enquanto era tratado dos ferimentos, bradou: "Sou imortal!". Viria a morrer nove meses depois, diante da derrocada de seu projeto de dominação mundial.

Delatado por um dos conspirantes, Stauffenberg morreria no dia seguinte, 21 de julho, fuzilado em Berlim. Suas últimas palavras foram: "Vida longa para a sagrada Alemanha!".

A Grande Guerra já durava seis anos e ainda mataria milhões de pessoas nos meses seguintes.

Longe daquilo tudo, exatos nove meses e três dias antes do sinistro 20 de julho, no Rio de Janeiro, Noly Nogueira dizia para seu marido José:

– Zé, hoje estou disposta a te dar um filho.

Naquele ano, José Maria Nogueira, aos 26 anos, tomou uma decisão fundamental. De uma tacada só, abandonou o álcool, o tabaco, e, de quebra, virou vegetariano. Fez isso pela família que queria formar a partir dali. A espiritualidade já era um marco em sua vida.

O que pode parecer excentricidade para alguns, para o casal foi natural. Geraram a criança em meio a orações. Sim, do início ao fim, a relação que conceberia a futura criança foi realizada ao som de preces e manifestações do desejo de que eles pudessem oferecer ao mundo alguém de fato iluminado para servir à humanidade.

*

O Rio de Janeiro não andava em sua fase mais bucólica em julho de 1944. Nos primeiros dias do mês, embarcaram no porto da cidade quase seis mil soldados da Força Expedicionária Brasileira, a FEB, que fora criada um ano antes, pouco depois de o Brasil declarar apoio aos Aliados contra o Eixo na guerra.

Relatos dos soldados apontam que quando o navio de transporte de tropas norte-americano General Mann zarpou, com seus quase seis mil leitos ocupados, na manhã de 2 de julho, a cerração comum ao inverno carioca se desfez à altura do Cristo Redentor. A visão dos braços abertos da estátua seria a última que cerca de 450 dos 25 mil soldados brasileiros que lutaram na Europa teriam do país.

Grande parte do Exército brasileiro havia sido treinada nos Estados Unidos. Ao desembarcarem na

Itália (o destino não fora revelado), uniram-se ao 5º Exército Norte-Americano.

Foram catorze dias no mar, até que o destino foi revelado. O Vesúvio, em Nápoles, ainda soltava fumaça de erupção ocorrida naquele ano. Dessa vez não houve nenhum dano, ao contrário da de 79, quando suas lavas engoliram uma cidade inteira. Mas a cidade italiana era o retrato da miséria que a guerra traz – prostitutas se vendendo por cigarros, chocolate ou qualquer bem material. A pobreza pontificando o caos. Era 16 de julho de 1944. Nos meses seguintes, os brasileiros alcançaram feitos heroicos para um povo desacostumado ao combate, como a sangrenta tomada do estratégico Monte Castello, uma das pás de cal no conflito.

Enquanto a tropa brasileira desembarcava na Itália, aos 34 minutos da segunda-feira, 17 de julho, nascia, em Niterói, aquele menino concebido em feitio de oração e que tinha como objetivo emanar luz por onde passasse. Ronaldo Nogueira mais tarde, na passagem para vida adulta, ganharia outros sobrenomes, emprestados da segunda mulher de seu avô por recomendação de empresários e seria dono daqueles extensos nomes dignos de realeza, Ronaldo Lindenberg Von Schilgen Cintra Nogueira.

*

Se tinha uma coisa que José Maria Nogueira gostava era de estudar. Melhor, gostava de conhecimento. "Um homem se mede da testa para cima. Da testa para baixo é tudo igual", exaltava para o filho. Gostava tanto que foi estudar a origem da família. Mergulhou até chegar ao fundador da cidade do Rio de Janeiro, Estácio de Sá.

Estácio era um soldado português, trazido ao Brasil em 1563. Seu tio, Mem de Sá, aos 63 anos era o terceiro governador-geral que o país possuía. Incomodado com a presença de franceses na Baía da Guanabara, Mem convocou seu sobrinho, vinte anos mais moço, para dar uma coça nos invasores.

Somente dois anos depois ele conseguiu juntar reforços na Capitania de São Vicente e botar para nadar os franceses, que ali haviam ficado uma década. Era 1° de março de 1565, e nascia a cidade de São Sebastião do Rio de Janeiro.

A missão prosseguiu para Estácio de Sá e o final não foi dos mais felizes. Dois anos dali, ao lançar-se no front contra remanescentes franceses que agora contavam com apoio de índios, levou uma flechada no olho, em 20 de janeiro de 1567, e faleceu um mês depois, de infecção causada pelo ferimento. Mesmo 20 de janeiro em que é saudado o santo que batiza a cidade – daí os dois aniversários do Rio, o dia de São Sebastião e a data de fundação (1° de março).

Os restos mortais de Estácio de Sá permanecem na Igreja de São Sebastião dos Capuchinhos, no bairro carioca da Tijuca, a catorze quilômetros da Copacabana onde o mais novo membro da linhagem cresceu. E já com o apelido de Ronnie.

O Nogueira que lhe encerra o nome vem de Manuel Jacinto Nogueira da Gama, nascido em São João del Rei, em 1765. Além de militar e político, concluíra doutorado em filosofia e matemática pela Universidade de Coimbra e tornara-se visconde e marquês da cidade mineira de Baependi.

Aos três anos, Ronaldo já tinha certa consciência disso. Um de seus passeios prediletos com o pai era pela biblioteca de quase cinco dígitos de volumes que José Maria acumulara.

Acumular é um bom verbo para definir o berço de Ronnie. Ronaldo nasceu um dos herdeiros de conglomerado financeiro da família, que unia banco de investimentos, banco múltiplo, banco comercial, seguradora, distribuidora e corretora de valores. Não havia braço financeiro em que a família não tivesse ao menos um dedo.

Desde a primeira infância lhe fascinava o ardor paterno por conhecimento. Aos três anos, fazia teste oral dos ossos do corpo humano.

– Este é o parietal, disse certa feita apontando para o cocuruto. E este é o occipital, terminou, apontando para a nuca, uma apresentação a um casal de amigos dos pais que não entenderam nada ao verem o garoto em retirada da sala.

Da mãe, Noly, notou desde cedo uma mistura de hábitos baianos e europeus, seu local de nascimento e de seus ancestrais. O frango assado do domingo virava o escondidinho desfiado da segunda e a canja e a coxinha da terça.

A paixão do garoto eram os saquinhos de farinha de trigo, miniaturas de sacas de sessenta quilos, que ele e os primos disputavam a tapas para armazenar as bolinhas de gude.

Na época em que decorava os nomes dos ossos do corpo humano, ali para 1947, nasceu seu irmão e aquele que viria a se tornar seu melhor amigo, Antônio Hilton Nogueira. Antônio era homenagem ao avô materno, Hilton, ao avô paterno, mas desde pequeno ganhou e ficou com o apelido Tony. Ronnie e Tony têm uma relação que é o sonho de onze entre dez pais: "Tenho adoração pelo meu irmão. O meu irmão era o meu Flash Gordon. Era o meu exemplo", diz Tony.

Ronnie é cético, mas acredita na história d´*Os irmãos corsos*, de Alexandre Dumas, onde um gêmeo tem a sensação física das aflições e contentamentos do outro. Ronnie e Tony sempre foram e continuam os melhores amigos. Os dois se orgulham de nunca terem brigado uma vez sequer na vida. E de almoçarem todos os dias juntos. Não se largam nem no final de semana.

Em 2011, um em São Paulo e outro no Rio, como as contas de telefone andavam muito altas, Tony abriu seu escritório de arquitetura em São Paulo, onde ocupa posição privilegiada um retrato dos dois. "Amigos você vai contar nos dedos, conhecidos você tem aos montes, mas amigo de fé, amigo mesmo, você vai encontrar nos seus pais e no seu irmão", diz Tony.

Ele conta que os pais sempre incentivaram essa amizade e destaca que a ligação profunda entre eles também é consequência do amor intenso que existia entre José e Noly: "Nunca vi uma briga, nenhuma desavença".

O pai sempre foi uma referência na vida dos dois. A mãe também. O amor dos filhos por Noly, morta precocemente aos 49 anos, em setembro de 1970, era (talvez o verbo fique melhor conjugado no presente) enorme. Até hoje, eles rezam por ela diariamente. E até hoje sentem dificuldades em falar sobre a perda.

Aprenderam com a mãe a serem educados e comportados, tanto que Noly só trocava a toalha da mesa quando enjoava da cor, já que nenhum mísero grão de arroz era deixado para trás. Por essas ironias da vida, a mãe adorava vê-los sempre alinhados e escolhia invariavelmente terninhos de calça curta e gravatinhas borboletas para os dois na loja Príncipe Veste Hoje o Homem de Amanhã, na avenida Rio Branco, no Centro do Rio.

O câncer devastou a forma física de Noly, e para manter no lugar mais doce da memória a beleza da mãe, Tony fez um retrato de quando ela ainda estava saudável, e pendurou em lugar de destaque na sala de estar. Durante anos, os irmãos sentiram pesadelos pela maneira como a mãe partiu. Um dia, Tony sonhou com a mãe feliz num campo repleto de tulipas. Contou a Ronnie, e, como bons irmãos corsos, desde então, os pesadelos acabaram para os dois.

Quando o irmão nasceu, Ronnie tinha três anos e já não morava mais em Niterói, mas em Copacabana. Estudava na escola de nome emprestado da professora que a fundara, Estela Trovão. Atribui a ela toda a inclinação artística e gosto por arte, literatura e cultura em geral.

Pré-adolescente, ali pelos 10 para 11 anos, teve o primeiro contato, digamos, íntimo com o universo feminino e das enfermidades também. Teve a primeira namorada, daquelas de andar de mãos dadas, dar beijo no rosto e fazer juras de amor eterno, Verinha. Só que a menina apresentava uma cardiopatia congênita e veio a falecer pouco depois. Seu defeito na formação do coração era de ordem cianótica, conhecida como doença azul, pois pela falta de oxigenação a pele da pessoa vai incorporando um tom celeste.

Ele só não se tornou duplamente viúvo aos 11 anos por não ceder à tentação de namorar Maísa, irmã de seu melhor amigo, Antonio Pedro Pimentel, que gostava dele e viria a morrer ainda criança por conta de um tumor cerebral. Ronnie gostava tanto do cara que queria que a mãe dele, Jaci, fosse sua mãe também. Logo, Maísa era praticamente sua irmã.

Durante as férias de julho, Ronnie literalmente mudava para a casa do amigo em Petrópolis e colocava em prática toda a teoria que seu pai e a escola passavam durante as outras três estações. Com Antonio Pedro começou a estudar gemologia e ficar fascinado com as pedras semipreciosas brasileiras.

Descobriram um veio de quartzo-rosa no terreno onde ficava a casa do amigo e acharam que estavam definitivamente ricos.

A afinidade dos dois era igual no terreno literário. Passavam noites fascinados discutindo o mistério dos Baskerville desvendado por Sherlock Holmes, e a jornada do lobo de *Caninos Brancos*, de Jack London. Estudavam inglês juntos, para aprimorar o idioma a ponto de lerem fluentemente os originais conforme escritos.

Isso os conduziu a outra paixão em comum, os aviões.

Antonio Pedro era enlouquecido com aeromodelismo. Ronnie encarava como mágica a capacidade de o ser humano conseguir colocar um conjunto de engrenagens em formato aerodinâmico e voar nele. Com o bom inglês que possuíam à época, começaram a escrever para as fábricas de aviões nos Estados Unidos.

O destinatário, algum Joe do setor de correspondência, devia pegar aquelas cartas como se fossem bilhetes enviados ao Polo Norte para o Papai Noel e achar engraçado dois garotos do Brasil tentarem uma comunicação e mandava em resposta pilhas de fotografias dos modelos fabricados por ali.

As respostas eram abertas como pacotes de figurinhas que faltavam para completar um álbum. A competição entre os dois tomou a base de quem sabia mais termos técnicos das aeronaves, em termômetro da paixão mútua por aviões. Era o tipo de conhecimento que se mostraria bastante útil em futuro próximo para Ronnie e em médio e longo prazos para Antonio, que virou consultor aéreo.

Estava chegando a hora de Ronnie assumir a função de herdeiro. Estava chegando a hora de Ronnie entrar no que se chamava então de científico (que depois virou colegial e, hoje, ensino médio). Aí descobriu que podia juntar a fome com a vontade de comer. Bastava convencer o pai que era uma boa cursar o científico na escola preparatória da Força Aérea.

– Até que não é má ideia, reagiu o pai.

O processo seletivo era coisa para atormentar neurônios, mas Ronnie sempre foi ótimo aluno. O melhor da turma em todos os anos. Em 1960, ano em que prestou o exame para a Escola Preparatória de Cadetes do Ar de Barbacena, eram dezessete candidatos por vaga – quatro mil inscritos para os 240 postos abertos. Aos 15 anos alcançava a primeira grande vitória na vida ao se classificar em 72º lugar. Depois, fez um concurso para o Banco do Brasil. Ficou em terceiro lugar.

2

Ronnie já tinha, o que Rita Lee resumiu, *physique du rôle* de príncipe. Era culto, extremamente bem-educado, cavalheiro, articulado e, claro, o bonitão da Bala Chita da turma. Um partidão, como se costumava dizer. Logo tomou a rédea intelectual entre os futuros cadetes.

Juntou o grupo dos apaixonados por literatura e criaram cadeiras literárias. A dele foi batizada Cecília Meirelles, pela sua paixão pela poetisa carioca, filha de açorianos.

A vida ganhou valor significativo para Ronnie. Começara a pilotar e aos 17 anos realizou o sonho da vida, que era comandar um avião sozinho, o holandês Fokker T-21. Era uma aeronave de treinamento, com dois assentos lado a lado, motorzinho de 190 cavalos e atingia se tanto os 200 km/h. Mas não importava. Era um avião, e ele estava pilotando.

Na Escola de Cadetes teve igualmente outra experiência que viria mudar sua vida, segurar um microfone sobre um palco. Durante festa na sociedade acadêmica da escola, o colega Alexandre Bukowitz o pressionou a cantar "Runaway", de Del Shannon. Era um rockabilly de letra triste, triste, em que um rapaz lamenta chorando na chuva os motivos que fizeram sua musa dar no pé.

Ronnie sentia o rosto ferver de vergonha. Mas adorou a sensação de poder que o palco transmitia. Adorou, mas esqueceu a ideia, que lhe assaltaria alguns anos depois, e focou nos estudos.

Durante a leitura da ordem do dia, os estudantes eram enfileirados em escadinha, pela altura. Ao seu lado costumava ficar o brasileiro filho de japoneses Juniti Saito. Ambos tremeram dentro dos coturnos de admiração quando a ordem do dia foi lida pelo Comandante da Força Aérea Ovídio Alves Beraldo.

– Será que um dia a gente chega lá, Saito?

– Ah, muito difícil. Imagina o caminho, a confiança que tem que se conquistar, as provas pelas quais se deve passar... muito difícil.

Quase meio século depois, em 2007, Ronnie estava uma noite com a mulher, Cristina, sob uma das árvores que tanto ama do jardim de sua casa no Morumbi quando tocou o telefone.

– Ronnie, aqui é o Saito. Estou te ligando porque quero que você seja o primeiro a saber: um de nós chegou lá.

Aos 65 anos, o tenente-brigadeiro-do-ar Juniti Saito foi o primeiro nipo-brasileiro a alcançar o posto máximo em um dos braços das Forças Armadas do Brasil, comandante da Força Aérea Brasileira.

Algum tempo depois, agraciou Ronaldo Nogueira com a Ordem do Mérito Santos Dumont, condecoração que presta homenagem tanto a civis quanto militares por serviços prestados à Força Aérea.

Mas não se passou muito daquela conversa aos cochichos com Saito para que o mundo do estudante Ronaldo realizasse um pouso emergencial aos solavancos em terra quase firme. A gota d´água foi um dia que sua ex-babá Amélia o visitara na Escola de Aeronáutica, localizada no subúrbio carioca de Marechal Hermes, em uma planície conhecida como Campo dos Afonsos, levando o bolo de chocolate que ele tanto amava. Não podia passar por um corredor sozinho que ouvia algum fulano gritar: "Ronnie, sua babá volta quando? Fala pra ela trazer um uísque escondido na mamadeira".

Mas seus pais acharam que a carreira na aviação estava ficando séria demais. Era preciso lembrar o jovem rapaz de seu papel de herdeiro. O militar acatou a ordem superior. Desligou-se da academia e foi cursar economia.

Segundo ele, duas opções lhe foram dadas: ou cursa economia ou cursa... economia. Rebelde, resolveu estudar... economia.

Percebeu-se infeliz antes do sinal de término da primeira aula da Universidade Federal do Rio de Janeiro. Seu pai era diplomata e possuía cargo alto no Ministério da Fazenda. O destino do estudioso e inteligente Ronnie seria calçar sem deixar folga os sapatos de seu velho nas empresas da família.

O presidente era seu tio e padrinho, louco pelo rapaz, e não demorou a que assumisse um cargo em sua trilha como "sucessor". Plano de carreira traçado, havia ônus: a exigência e trabalho maiores e salário menor.

Tinha 18 anos, arrumar namoradinhas não era problema, tampouco emprego, estudos. Sua vida não parecia em nada com a juventude transviada que seu ídolo maior e consequente modelo, James Dean, sugeria no cinema. Fora tudo arranjado pelos pais.

Ele podia ter a garota que quisesse, mas acabou se envolvendo com uma mulher 25 anos mais velha que ele. Atualmente, a relação poderia parar na cadeia, mas os tempos eram outros. O complicado na história era que a tal senhora era amiga de Noly. Aquele que viria a ser o "Mãe de gravata" nascia ali. Ronnie tinha o conhecimento teórico apurado, mas sua mulher – deixara de ser um caso quando ele mudou de mala e capacete de aviador para a cobertura da senhora na avenida Atlântica, em Copacabana – tinha a vivência.

Elegante, educada e gentil, tornou-se o modelo de mulher que Ronnie sonhava para a vida. Seus olhos brilhavam ao ouvi-la falar sobre decoração, enxoval, cristais e qualquer badulaque associado a donas de casa. Se tivesse uma demonstração de tupperwares, estava lá acompanhando como a uma leitura de Nietzsche (outro de seus heróis).

A lua de mel durou oito meses. E os minutos desde que sua mãe descobriu até chegar ao apartamento onde ele agora morava e tirá-lo quase pela orelha. E jogando toda a culpa na sedutora amiga.

Dona Noly queria que ele se casasse com uma moça da sociedade. Mas não tão mais velha. James Dean mais uma vez lhe cochichou algo ao ouvido e ele bateu porta dizendo que se casaria então com a primeira mulher que encontrasse pela frente.

O que ele queria, definitivamente, era se casar.

Mas não era tão irresponsável assim.

Naquele dia tinha encontro marcado com uma jovem chamada Miúcha (não a cantora), na praia de Copacabana. Só que a moça ardia em febre por conta de uma amidalite e não foi. Não havia celular, claro, então Miúcha incumbiu uma amiga de mandar o recado. Ao chegar à praia, Ronnie se deparou com uma menina de cabelos pretos escorridos lendo, justamente, Nietzsche. Suas palavras ao sair de casa se tornaram proféticas. O nome da moça? O mesmo de uma ninfa da mitologia grega: Aretuza.

3

Não foi como ninfa que começaram a se referir a ela quando os dois passaram a ser vistos juntos. Para ofender o cantor, unanimidade entre as mulheres, os homens cutucavam pela ofensa a Aretuza. "Ô, viadinho, onde esse traveco que está com você faz ponto?" era hit entre as provocações. Com isso conheceram um lado quase inimaginável do príncipe, as explosões, que atualmente ficam restritas à própria casa.

O filho Leonardo sabe que quando o pai começa a esbravejar com algum objeto inanimado, como a lâmpada que insiste em não rosquear direito, a janela que emperra ou o controle remoto que não obedece, já é hora de fazer listinha para reposição no mercado. Cansou de ir à rua Santa Ifigênia, centro de lojas de eletroeletrônicos na capital paulista, para comprar novos controles remotos que substituam aqueles que voam pelas janelas.

Os filhos suspeitam que ele explode em autoindulgência passível e passável como válvula de escape, por medo de que a raiva se acumule e transforme-se em doença cardíaca. Fato é que mesmo antes da suposta hipocondria Ronnie tinha seus muitos acessos de fúria.

Lá pra 1958, jovem transviado, circulava de um lado pro outro pela orla carioca com uma motinho de 50 cilindradas. Bonitão, fazia sucesso já e sua garupa era disputada às unhadas pelas cocotas cariocas. Estava parado, à espera de quem seria sua próxima carona, tomando a brisa do mar, quando uma das mais cobiçadas meninas da área entregou-lhe convite para uma festa que daria dali a alguns dias. Assim como nos filmes do seu herói, James Dean, logo apareceu o valentão, cercado pelos comparsas:

– Você pretende ir à festa?

– Vou, sim – respondeu Ronnie.

– Ia – disse o garoto, que arrancou o convite de sua mão e começou a rasgar.

– Então escolhe o local, porque a gente vai brigar – lançou o duelo.

Escolheram o terreno atrás de um prédio em construção. Só tinha um problema: o adversário era bem maior e mais forte que Ronnie. E isso se provou no primeiro movimento da briga, um soco que o fez desabar em cima da própria moto. Ronnie mediu a consequência futura do duelo de mãos limpas, pensou rápido, olhou para um lado, para o outro e viu um sarrafo, que serviu para encerrar a briga num misto de barro, hematomas e sangue, em seu favor.

Chegou em casa e a mãe quase desmaiou ao vê-lo.

– Calma, o sangue não é meu, não. É que arrumei uma confusão... – e blá-blá-blá.

O irmão Tony lembra até hoje do castigo de ter que ajudar a limpar absolutamente todo o sangue e barro da moto e entrada de casa durante horas.

Já famoso, no começo da carreira, não se continha. Ainda mais quando percebia que a provocação era masculina, por dor de cotovelo porque ele chamava a atenção das mulheres. Uma dessas confusões quase acabou em prisão, quando foi chamado de viadinho e bichona por uma hora e meia de apresentação, até que ao final do show foi atender às fãs e viu a cabecinha do detrator ali pelo meio do alvoroço. Não teve dúvida. Tomou distância e deu uma voadora no cara, ao mesmo tempo que berrava: "Me xinga agora! Me xinga agora!" O rosto do rapaz ficou tão machucado na hora que o empresário de Ronnie o tirou do local à força imediatamente. Pudera. Àquela altura da vida, além da transgressão de James Dean, Ronnie conhecera e passara a viver o *rock'n'roll way of life*.

4

O Rio do começo dos anos 1960 era o *Rio 40 Graus*, de Nelson Pereira dos Santos. O filme que inspirou o Cinema Novo, lançado em 1955, foi vetado pelos militares. Não pela censura à exibição da realidade brasileira – trata-se de quase um documentário sobre cinco garotos de uma favela que vão vender amendoim nos lugares turísticos em dia de calor infernal –, mas, segundo a explicação do censor, de que "a temperatura do Rio de Janeiro nunca passa dos 39,6 graus".

Ronnie estava antenado com o movimento intelectual à época. Assim como sua namorada Aretuza, que seria mãe de dois filhos dele. A simbiose era tamanha que ambos caminhavam pelos

39,6 graus cariocas vestidos de preto da cabeça aos pés. Ronnie gostava de mascar um cachimbo e alisar o cavanhaque que cultivou à época. Até o dia que passaram por uma mulher que os definiu: "olha a múmia e o faraó".

Frequentavam as discussões dos jovens militantes da esquerda revolucionária, a qual atualmente Ronnie divide em dois grupos: a esquerda escocesa, que só bebia uísque 12 anos, e a francesa, que só consumia champanhe Dom Pérignon.

Tudo era imagem. E ele emprestava muitos dos gostos de franceses e escoceses. Liam Sartre e Rimbaud, estavam na onda do Cinema Novo, mas Aretuza tinha uma queda pela invasão britânica e seu coração batia por John Lennon, Paul McCartney, George Harrison e Ringo Starr. Ronnie nunca escutara, mas achava aquilo uma bobagem de segunda perto do jazz que enchia as páginas do manifesto beatnik, *On The Road*, escrito em 1957 por Jack Kerouac.

Até ele conhecer de verdade o estrago que o Fab Four inglês poderia causar.

Cinema era religião para o já casal – selaram oficialmente a união em 1963, quando Ronnie e Aretuza tinham 19 anos.

Um dia ela insistiu para que fossem a um cinema chamado Rian, que ficava de frente para o mar na avenida Atlântica, no posto 4 de Copacabana, onde Ronnie fora criado. O Rian havia sido construído por Nair de Tefé von Hoonholtz, primeira-dama brasileira entre 1913 e 1914 quando seu marido, o marechal Hermes da Fonseca, presidiu o país.

Batizado com o apelido de sua dona, Rian (Nair de trás para frente) foi o cinema onde se dançou pela primeira vez rock'n'roll no país, durante exibição do filme *No balanço das horas*, de Elvis Presley, quando parte do público de uma sessão levantou das cadeiras e foi dançar nos corredores.

Aretuza queria assistir a outra exibição de rock´n´roll no cinema, o primeiro filme dos Beatles, *A hard day´s night*, que por aqui chegou com o nome de *Os reis do iê-iê-iê*. Ronnie achou ridícula a ideia. Não queria que nenhum amigo trotskista o visse na fila de um filme daqueles. Mas foi, convencido pelo currículo do diretor, Richard Lester, norte-americano que já trabalhara com Peter Sellers e por quem John Lennon possuía enorme admiração.

O filme concorrera a dois prêmios Oscar, roteiro e trilha sonora, mas se Aretuza soubesse que em Portugal *A hard day´s night* havia sido traduzido como *Os quatro cabeleiras do após-Calypso* possivelmente daria razão ao preconceito do marido.

Fato é que ela o convenceu, embora sua expectativa fosse assistir o tempo suficiente até conseguir tirar um cochilo. Fato também é que o filme, apesar do *nonsense* dominante, entraria para a história da cultura pop como o pai dos videoclipes, graças especialmente às filmagens em diversos e inusitados ângulos das performances ao vivo do grupo.

No exterior, provou-se uma eficaz ferramenta de marketing musical. No Cine Rian, hipnotizou Ronnie Von, que assistiu com olhos esbugalhados àquela e às outras duas sessões do dia em sequência.

Saiu do cinema com um plano. Seu pai era ministro plenipotenciário em Londres, passava metade do mês na Inglaterra e a outra metade no Brasil. Seu cargo, grosso modo, era como de um embaixador, representante do Brasil em missão no exterior. Era responsável pela logística de compra de navios de guerra, por exemplo. Seu filho, no entanto, estava mais interessado em submarinos amarelos.

Não existia meio de as novidades musicais chegarem por aqui antes de elas decidirem chegar por aqui na mala de um turista.

O processo até que algo estivesse disponível para qualquer pessoa em uma loja de discos, por exemplo, levava pelo menos seis meses. Ronnie não era qualquer pessoa. Seu pai lhe trazia pelo menos uma mala por mês. Era o mais próximo de morar no olho da Beatlemania.

Começou a encomendar de maneira febril qualquer LP ou compacto que os Beatles lançavam. Na primeira remessa, completou a coleção até ali. O acervo *up to date* serviu para construir sua fama e atrair toda sorte de pretenso cabeludo. No bolo, atraiu o mais perto que o país conhecia dos quatro de Liverpool em formato de banda, os Brazilian Bitles.

Exato um mês antes de os Beatles lançarem seu sétimo álbum, *Revolver*, aquele que os definiria definitivamente como Beatles, um padre prafrentex da Igreja Nossa Senhora da Paz, na Rua Visconde de Pirajá, em Ipanema, teve uma ideia pra lá de inusitada – a missa seria conduzida com elogio às pregações do papa João XXIII, falecido três anos antes, e de seu sucessor, papa Paulo VI. Só que o fundo musical do ato litúrgico seria no ritmo iê-iê-iê dos Beatles.

Convocados, os Brazilian Bitles transformaram a "Canção da paz" em versão de "I love you too", emendaram com "Anjo menino e Belo pra mim", com direito a todo alcance de falsetes mccartianos.

A apresentação só endossou a teoria de estudiosos da comunicação em massa da época, que cravavam que o rock era "o estopim que liberta convulsões e impulsos incontroláveis nos jovens".

No 11 de julho de 1966, nem a *Ave Maria* final (em cadência roqueira) impediu que o altar fosse invadido por moças de minissaias e que seus pares masculinos subissem nos bancos e a igreja se transformasse numa arena.

Um ano antes, o Brazilian Bitles nasceu a partir da cisão de outra banda de rock carioca, The Dangers. Pularam do barco o guitarrista Vitor Trucco e o vocalista (e guitarrista) Jorge Eduardo. Uniram-se a Luiz Toth, na bateria, Fábio Block, no baixo, e Eliseu da Silva Barra, o Ely Barra, no teclado. Cultivaram o cabelo em formato de cuia e formaram os Beatles brasileiros.

A estreia foi na casa noturna Le Candelabre, em Copacabana. Sortiam canções de Chuck Berry, Little Richard e Rolling Stones no repertório, mas o grosso era importado de Liverpool mesmo.

No ano da missa roqueira, foram a atração musical do primeiro filme em cores do cinema nacional, *Rio, verão e amor*. Isso os levou à TV, onde passaram a capitanear um programa aos sábados à tarde na Excelsior, *BBC – Brazilian Bitles Club*. Toda a conta acima os levou ao "quinto" beatle da cidade, Ronnie Von.

5

O Beco das Garrafas é mais conhecido como point da Bossa Nova. Era uma travessa sem saída, no começo da rua Duvivier, em Copacabana, já próximo ao Leme. Quatro casas noturnas – Ma Griffe, Bacará, Little Club e Bottle's – brotaram na rua a partir do final dos anos 1950, quando surgiu a Bossa Nova. O pessoal do banquinho e violão fez dali o destino boêmio.

A origem do apelido é conflituosa. Uns dizem que quem batizou a viela assim foi Sergio Porto, jornalista e cronista mais conhecido pelo pseudônimo de Stanislaw Ponte Preta. A maioria jura que o apelido foi dado pelo músico Sergio Mendes. A história quis levar a origem do nome à quantidade de garrafas que os jovens músicos e seus seguidores esvaziavam todas as noites. Mas a verdade é que o barulho que faziam num ponto residencial os transformou em alvos de garrafas jogadas do alto dos prédios por moradores locais que não conseguiam dormir.

Em 1964, Sergio Mendes se mudou para os Estados Unidos, onde vive o status de lenda. Junto a Carlinhos Brown concorreu ao Oscar de melhor canção em 2012, com *Real in Rio*, da animação *Rio*. Mas perderam para os Muppets.

Em 1968, três meses antes de o governo militar instituir o temível AI-5, que cerceava o que restava de liberdade a libertários como ele, Sergio Porto faleceu. No ano seguinte, o Pasquim foi criado em sua homenagem.

No meio do turbilhão, a Bossa Nova começou a ceder espaço para outros gêneros no beco.

Três dos clubes, o Little Club, Bottle's e Ma Griffe, eram de propriedade dos irmãos italianos Giovanni e Alberico Fontana. Haviam tentado, sem sucesso, a vida de comerciantes uma década antes, venderam a casa que possuíam no Rio e estavam para arrumar as malas para voltar à Itália quando decidiram tentar a sorte com as casas noturnas.

Abraçados pela boemia carioca, viram no incentivo à abertura do palco aos jovens a chance de manter a operação no azul. Deu tão certo que aos domingos começaram a organizar o que se chama no Rio de mingau, a batida matinê.

Mesmo com a proibição de venda de bebida alcoólica, a turma do rock começou a fazer dali seu espaço.

Os Brazilian Bitles viraram "A banda do mingau" do Little Club.

Ronnie e sua mulher Aretuza eram figuras constantes na fila do gargarejo.

Após a experiência na sociedade acadêmica com "Runaway", de Del Shannon, Ronnie não mais testara a habilidade vocal. Mas a aproximação dos Brazilian Bitles pelo gosto em comum fez com que ele começasse a frequentar ensaios do grupo. Com seu inglês perfeito, brincou de cantar na garagem.

O tecladista Ely Barra, que era o bitle mais próximo de Ronnie, se lembrou disso durante um mingau em 1965 e contou ao microfone, apontando para o rapaz que acabara de completar 21 anos na plateia.

"Canta! Canta! Canta!", começou o coro.

Ronnie tentou sair correndo. Literalmente. Com o incentivo de Ely, os colegas o laçaram pelo cangote e o empurraram para cima do palco. Suas pernas tremiam feito bambu na ventania, o rosto enrubesceu e ele não sentia a voz sair pela garganta. Para acabar com o mal-estar que sentia, cantou "You've got to hide your love away", do recém lançado álbum *Help*, trilha sonora do filme de mesmo nome.

Desceu ainda trêmulo, mas se sentindo um astro. Por acaso (nunca é por acaso, mas vá lá), o diretor artístico da gravadora Polydor, João Araújo, deixou a mulher Maria Lúcia e o filho de 7 anos, Agenor Miranda Araújo Neto, que tempos depois encantaria o país como Cazuza, em casa e foi beber um coquetel de frutas no Little Club naquela tarde de domingo.

João enxergou carisma naquele garoto de traços finos. Abordou-o minutos depois, apresentou-se e propôs um teste em estúdio. Desde que ele apresentasse duas canções, uma em português e outra em inglês. A versão em inglês até poderia ser aquela mesmo.

No dia seguinte daquele dezembro, o pai de Ronnie desembarcara de volta de mais uma missão inglesa com o álbum *Rubber soul*, estalando de novo. *Rubber soul* foi o disco que ampliou o espectro dos Beatles, o trabalho do amadurecimento.

Eles haviam acabado de chegar de uma estrondosa turnê pelos Estados Unidos quando entraram em estúdio para realizar o álbum. Carregavam toda uma nova influência de soul music, folk rock de Bob Dylan e The Byrds e as harmonias vocais e psicodelia dos Beach Boys, que culminaria na pedra fundamental do gênero, *Pet Sounds*.

Ronnie rodou todo o lado A do LP. "Norwegian Wood" trazia cítara, "Michelle" misturava francês com inglês, o iê-iê-iê estava para trás e a onda que vinha na sequência era tão romântica e empolgante quanto, porém mais rica.

Segunda música do lado B, "Girl". Ronnie viu algo naquela balada de violão. Colocou para rodar de novo, e de novo, até pegar a letra inteira. O pai era poeta, chamou-o para ajudá-lo, e este mal sabia estar construindo o Frankenstein nas dicas que dava: "O importante é que as palavras tenham um ritmo. Não é importante que você faça uma tradução literal, mas que você use o ritmo das palavras junto à melodia".

Com a versão by José Maria Nogueira e o disco embaixo do braço, Ronnie entrou em estúdio e fez o tal do teste que João lhe propusera. Música 1: "You've got to hide your love away". Música 2: "Meu bem", versão de "Girl".

Aos 98 anos, com a voz fraca, mas ainda lúcido, o mais velho dos Nogueira hoje ri quando lembram a ele da sua contribuição para a música brasileira: "Isso eu fiz para eles. Era para agradar os filhos".

*

Ronnie tinha contas a pagar. Casara aos 19. Para enfrentar a bronca de sustentar uma família, seguiu faculdade e trabalhava com tios e outros parentes.

Gosta de dizer que era um office boy de luxo. Vamos focar apenas no luxo, pois não abria mão de um carro conversível com, supremo requinte então, um aparelho de som.

Como ninguém da Polydor lhe passara o resultado do teste, até esqueceu o ocorrido e voltou ao batente com uma boa história pra contar aos futuros filhos, do tipo "seu pai quase virou um rockstar".

Vinha no sentido zona Norte-zona Sul, pelos túneis que desembocam na avenida Princesa Isabel, entre Copacabana e o Leme, pertinho do Beco das Garrafas.

A rádio Tamoio tinha um programa de final de tarde obrigatório à juventude antenada, *Disco Estrelinha*. Apesar de AM, a Tamoio era a estação que nesse horário específico levava os grandes sucessos e as novidades. Rola a vinheta de novidade: "*Disco Estrelinha*, o disco que começa a brilhar...", Ronnie aumenta o volume e estoura no falante único do carro esporte ele próprio cantando "Meu bem".

Primeiro pensamento: "Minha família vai me estrangular de cabeça pra baixo na praia de Copacabana".

Segundo pensamento: "Sou um rockstar".

Encostou o carro, pois mais uma vez as pernas começaram a tremer. Escutou com atenção de cristão ao ouvir Moisés lançar os Dez Mandamentos ao vivo do monte Sinai.

A versão que fora lançada, e que até ali ele não sabia, misturava o romantismo da original com pitada de surf music do The Ventures. Era uma delícia. Até ele estava achando isso. Como todo mundo escutava o programa, chegou em casa e foi direto ao telefone. Passou a agenda de A a Z e ninguém tinha escutado. Mais: achavam que ele estava fazendo piada.

Ronnie tinha provas de que não estava. Uma tia-avó estranhamente escutara o programa. Infelizmente.

Na mesma noite foi convocada reunião de família. Pai, mãe, tios e Ronnie.

"Criamos uma cobra pra nos picar", foi a frase que mais o machucou.

Seu pai bufava, pois sentia duplamente a culpa por ter criado de fato a cobra e ajudado a fazer a versão da música que estava sendo lançada em compacto.

"Se é dinheiro o que você quer, por que não tenta a sorte como jogador de futebol? Afinal, o nível intelectual é o mesmo", perguntou José Maria ao filho.

Pressão familiar não era novidade para Ronnie. Deixara a carreira de piloto e encarara vida de economista, que odiava, por sua família. Desta vez, sentiu que era hora de peitar: "Olha, sinto muito, mas poderia até fazer dessa uma coisa paralela. Mas a partir de agora não vai ser mais porque vou partir para a realização desse sonho".

Entre os amigos encontrou a mesma rejeição. A imensa maioria era formada por intelectuais de citações de orelhas de livro e acharam o fim ele cantar aquela "música de periferia". O negócio era fazer música engajada, com mensagens sociais.

Parecia que só quem acreditava nele era João Araújo.

Hoje, em retrospectiva, para o pai, ficou apenas a admiração pelo que o filho conquistou: "Nós não queríamos que ele fosse cantor, mas ele foi e fez sucesso". Como já disse alguém: "Tudo está bem quando acaba bem".

Mas o início foi duro.

6

O presidente da Philips, o francês Alain Troussard, passava todos os dias pela sala de João Araújo e provocava:

- Joón (como seu sotaque francês, pronunciava o nome do diretor da Polydor, um dos selos da Philips), seu protégido vendeu muito hoje: três discos.

João não levava na esportiva a troca. Enxergava em Ronnie mais que um rostinho bonito. Tinha ouvido suficiente para detectar potencial vocal ali. E a estampa, no final das contas, apenas somava.

- Joón, seu protegido estourou hoje em vendas: oito discos.

Poucos dias depois, João foi à forra.

- Alain, hoje de fato o meu protegido vendeu muito mal e estou preocupado. Não sei o que faço. Ele vendeu só oito mil discos hoje.

Mais quinze dias:

- Alain, estou de fato desesperado. Imagina que vieram me dizer que hoje ele vendeu 150 mil discos. Deus do céu, é muito pouco.

A escalada fulminante fez o compacto esbarrar nos sete dígitos de venda.

Ronnie virou o queridinho da CBD, conglomerado que reunia Phillips, Polydor, Polygram e outros selos importantes.

O grupo que o catapultara já tinha o programa de televisão na Excelsior, o Brazilian Bitles Club, aos sábados. Ronnie pegou um terno *mod* e foi cantar com eles na Excelsior, que ficava na rua Visconde de Pirajá.

O programa era retransmitido em São Paulo. Quem pegou uma dessas reprises foi o trio que dirigia o maior programa em audiência da TV brasileira, o *Corte Rayol Show*, Nilton Travesso, Antonio Machado de Carvalho, o Tuta, atual dono da Jovem Pan, e Manoel Carlos, consagrado autor de novelas.

Eles estavam reunidos na casa de Agnaldo Rayol, uma das estrelas do programa ao lado de Renato Corte Real. Aí Ronnie começou a cantar "Meu bem". Emendou com "Michelle". Começa um zunzunzum: "Quem é?", "Não sei, nunca vi mais gordo", "Pode dar caldo", "Traz pro programa".

Mandaram buscar Ronnie Von no Rio para se apresentar no *Corte Rayol Show* da semana seguinte. O avião, um Vickers Viscount, teria como copiloto um ex-colega de Força Aérea de Ronnie. Ele deixou um dos 43 assentos do turbo-hélice livre e voou na cabine, batendo papo, para a chegada triunfal em São Paulo.

Ronnie é recebido com motorista, vai para o hotel e dali para o teatro onde era gravado o programa. Gravou, cantou, se sentiu no topo do mundo, ganhou até seu primeiro cachê, algo como uns mil dólares hoje, e voltou para o Rio.

Avisou todo mundo para assistir ao próximo *Corte Rayol* e nada. Fora cortado. Resolveram editar o programa e ele ficou de fora. Mas o público que foi ao teatro quis saber por que não havia passado o cantor de cabelos compridos e pinta de galã. Ligaram tanto para a produção e foram tantos os que bateram pessoalmente à porta do teatro para tirar satisfação que o chamaram para que cantasse de novo na semana seguinte.

Desta vez o público pode ver "Meu bem", "You've got to hide your love away" e "Michelle" no teatro e na TV. A apresentação chamou atenção das outras emissoras e ele passou a viver na ponte aérea.

Apresentações na TV eram o modo de solidificar a carreira de artistas. Só mais pra frente os músicos ganhavam cancha em show até alcançarem diploma para tocarem em outras mídias. O primeiro show de Ronnie aconteceu quando ele já tinha um belo status, em março de 1966.

Foi no Clube da Orla, no Guarujá. Nem banda fixa ele tinha, então convocou o Beatniks. O repertório foi de *Rubber Soul* para trás dos Beatles. Foi ovacionado, meninas já encobriam seu vocal com gritos, mas quando voltava para casa, ou melhor, para a casa dos seus pais, a situação não lhe dava refresco.

Um dia sua mãe o pegou pra lá de sorumbático a olhar pra fora da janela do apartamento em que os pais moravam em Copacabana.

– Meu filho, você não precisa provar nada para a sua família. Você tem que provar pra você mesmo que é isso que você quer. Se você acha que só pode se realizar profissionalmente assim, então siga esse caminho. Eu só devo concordar com eles em um aspecto: de fato, esse não é um ambiente para cavalheiros.

Ronnie voltou pra casa, na rua Sá Ferreira, também em Copacabana e disse para Aretuza que entregariam as chaves do apartamento alugado e iriam pra São Paulo. Vendeu o amado MG conversível, pediu demissão do emprego, chamou seus amigos dos Brazilian Bitles e encarou a via Dutra para testar o sonho de cantor.

Em maio de 1966, ele e Aretuza fizeram check-in num hotel na praça Júlio Mesquita, na confluência da avenida São João, da alameda Barão de Limeira e da rua Aurora, mais conhecida como Boca do Lixo.

O ponto se transformaria em Cracolândia dali a alguns anos, mas prenunciava um carma estranho desde sempre. Era zona de prostituição, tiroteios acordavam as madrugadas e toda sorte de perdidos pareciam aportar nas proximidades.

A janela de seu quarto dava vista para o Filé do Moraes, tradicional restaurante que seu bolso curto não permitia frequentar ainda. Era reduto boêmio e em uma de suas mesas Adoniran Barbosa compusera "Trem das onze", acompanhado por um bife de meio quilo.

Era uma dicotomia, pois estava sem grana, com um compacto que crescia em sucesso, mas sua fama era uma variação da culpa brasileira de um "calça-de-veludo a ocupar o lugar de alguém que realmente precisava".

A resposta de Ronnie começaria a quinhentos metros em linha reta de seu hotel, na própria alameda Barão de Limeira. Especificamente no número 425, onde até hoje funciona a sede da *Folha de S.Paulo.*

*

A manchete do jornal daquele 11 de julho de 1966 anunciava a primeira partida do Brasil no mundial daquele ano em que o país vinha de dois títulos seguidos, 1958 e 1962.

"Copa começa com chuva" era o *headline* que ocupava as seis colunas da primeira página, sobre a partida entre Brasil e Bulgária. O início do mundial caiu numa segunda-feira porque a Inglaterra, sede da Copa, por questões religiosas, não permitia jogos aos domingos.

Na página interna de Esportes, a manchete fazia referência mais que familiar: "Na terra dos Beatles, a hora e a vez do escrete canarinho". Os brasileiros tinham como base os jogos da primeira fase Liverpool.

Tudo se encaixava para que na quinta página do caderno de cultura Ilustrada viesse uma foto estourada de Ronnie Von com outra referência aos Fab Four: "COMEÇOU BEM – Eis Ronnie Von, cantor da 'jovem guarda', que a Phillips lançou e cujo primeiro disco vem encontrando boa aceitação. Ronnie gravou a versão que ele mesmo fez de "Girl", de Lennon e McCartney, chamada em português de "Meu bem"".

A Ilustrada era o caderno em que todo artista queria estar.

Já em Liverpool, o Brasil pagaria caro pela preparação mais conturbada da história dos mundiais. Salto alto pelos dois títulos, a seleção canarinho foi lascada às casquinhas que todos queriam levar.

Para agradar os dirigentes, o técnico Vicente Feola convocou 43 jogadores. Claro que não agradou a todos e um deles reclamou que tinha pouco corintiano na primeira lista. Feola mandou o nome do zagueiro Ditão para contemporizar. Só que na hora de datilografar, a secretária da Confederação Brasileira de Desportos pegou a ficha errada e mandou o nome completo do flamenguista Ditão. Como ficaria muito feio desfazer o mal-entendido, foi assim mesmo.

Desembarcaram na Inglaterra às turras com a Federação Inglesa, que enviou comunicado prévio vetando o café consumido pelos brasileiros, pois era "estimulante". A mesma CDB enviou o endereço do Instituto Brasileiro do Café para que conferissem se o chá inglês não era tão estimulante quanto.

Em Goodison Park, Liverpool, nesse 11 de julho, diante de 48 mil pessoas, o Brasil venceu por 2 a 0, gols de Pelé e Garrincha, aos 15 e 18 minutos do segundo tempo. A escalação: Gylmar, Bellini, Altair, Paulo Henrique e Djalma Santos; Pelé, Denílson e Lima; Jairzinho, Garrincha e Alcindo.

Só que a partida contra a Bulgária foi a última que Pelé e Garrincha fizeram juntos pela seleção. Com a dupla em campo, o Brasil nunca foi batido.

Dali a quatro e oito dias a seleção tomaria duas coças, da Hungria e de Portugal, pelo mesmo placar, 3 a 1, e retornava ao país derrotado.

No final daquele ano, Ronnie voltou a visitar a *Folha de S.Paulo.* Na edição de 8 de dezembro de 1966 mais uma foto do cantor posando com o jornal e contando sobre a passagem dele pela redação do diário e aspas narrando que ele andava pensando "um pouquinho em cinema e teatro".

Nos cinco meses que separam uma matéria da outra, havia mudado do hotelzinho, passou a fazer uma média de trinta shows por mês, não podia mais ir a um supermercado fazer compras nem a um restaurante ou cinema. O mundo de Ronnie Von havia mudado. Completamente.

7

– Trem de pouso baixado e travado.

– Confirma Ronnie Von a bordo?

– Afirmativo. É o comandante da aeronave.

– Pista dois livre para pouso. Cuidado com a macacada.

"Cuidado com a macacada?", Ronnie ainda perguntou para um dos integrantes de sua banda, antes de pousar no aeroporto de Florianópolis. Este deu de ombros e Ronnie embicou para pousar.

O primeiro dinheiro substancial que o cantor ganhou com a vendagem de seu compacto e primeiro disco cheio usou para comprar um bimotor.

Viajava agora para os shows no próprio avião, com banda a bordo.

Era final de 1966. Ronnie vinha fazendo show dia sim, outro também. O voo até a capital catarinense tinha sido tranquilo. Até a bequilha dianteira da aeronave tocar o solo.

A macacada a que o controlador de voo da torre do aeroporto se referia eram quinze mil pessoas, segundo a polícia, que tinham ido para acompanhar o desembarque de Ronnie e companhia.

O comandante Ronnie não conseguiu taxiar. Só deu tempo de cortar os motores, pois a pista foi invadida pelos fãs, que subiram onde dava no avião para chegar mais perto dele. A polícia do exército local removeu o cantor e banda e os colocou em um caminhão do Corpo de Bombeiros para que chegassem à cidade.

Foram quinze quilômetros do aeroporto até o centro da cidade com poucas lacunas entre as pessoas enfileiradas por um aceno. No hotel, a mesma confusão do aeroporto. A porta de vidro da entrada foi quebrada, gente se machucando. Foi o dia em que Ronnie teve a real dimensão que alcançara.

O sucesso do compacto era estrondoso. A gravadora o colocou em estúdio para aproveitar a onda e ele registrou mais dez músicas – cinco versões dos Beatles, quatro composições de Tommy Standen, que faria relativo sucesso nos anos 1970 com Terry Winter, e uma versão de "As tears go by", dos Rolling Stones.

Não morava mais no hotel, na praça Júlio Mesquita, mas em um apartamento na Vila Nova Conceição. No dia 21 de setembro, pegou um voo em Congonhas na hora do almoço, desembarcou no Santos Dumont, gravou quase tudo no primeiro take e voltou a tempo de jantar em casa.

Ele odiou o disco. Suas referências eram os Beatles e George Martin, com seus arranjos milimétricos. O début de Ronnie em LP explorava descaradamente sua imagem. E só.

Na contracapa há convite de associação ao fã-clube do cantor, com a promessa de uma foto autografada por ele. A capa o mostra com franja à Justin Bieber e iluminação estratégica para ressaltar os olhos que nascem amarelos e se expandem até um verde-piscina inexistente na natureza humana. Sua foto estoura $^{4}/_{5}$ da capa.

As músicas combinaram simplesmente seu vocal a um fundo de orquestra romântico, e, ao lado de sua foto, fica anunciado: "Incluindo 'Meu bem' (Girl)". Não era o que ele queria ou imaginava. Sonhava fazer um trabalho que mesclasse o erudito com o rock.

O público adorou.

O sucesso de vendas o obrigaria a permanecer sete dias por semana na estrada para atender a demanda por shows.

Foi se apresentar em São José dos Campos, só que mais uma vez o show acabou em tumulto. Demorou horas para conseguir sair e voltar pra casa, onde esperavam-no os donos da TV Excelsior, Édson Leite e Alberto Saad.

Com audiência baixa, a Excelsior vinha sendo engolida pela Record no início dos anos 1960. Até que os dois tiveram ideia de popularizar a programação. Lançaram novelas diárias – a estreia foi *2-5499-Ocupado*, de Alberto Migré, com o casal Glória Menezes e Tarcísio Meira como protagonistas – e vinham virando o jogo.

Em agosto de 1965, a Record ganhou as tardes de domingo com a estreia do *Programa Jovem Guarda*, apresentado por Roberto Carlos, Erasmo Carlos e Wanderléia. *Festival da Juventude* da Excelsior, líder de audiência na faixa desde o ano anterior, caía para o segundo lugar.

Édson Leite e Alberto Saad enxergaram em Ronnie o cara que daria o troco com um programa a ocupar a mesma faixa do Jovem Guarda. Foram até a casa dele com uma proposta de contrato prontinha. Só que não aguentaram esperar e foram embora pouco antes de ele chegar.

*

Cinco anos antes de morrer, em 2010, Paulo Machado de Carvalho Filho admitiu que contratou

Ronnie Von para o casting da Record basicamente para anular qualquer concorrência que viesse a ter sua galinha de ovos dourados, o *Programa Jovem Guarda*.

A Rede Record de televisão existia desde 1953, fundada por seu pai, Paulo Machado de Carvalho. Os principais registros da fundação da estação haviam queimado em incêndio no meio de 1966, cerca de trezentos rolos de fita.

Paulo Machado Filho não pretendia dar sopa ao destino. Soube do *approach* da Excelsior ao cantor que estourava e correu atrás de Ronnie. O discurso da amizade das famílias – os Amaral de Carvalho tocavam a TV Rio – sensibilizou Ronnie. Disse que não tinha nada contra ele ir para a Excelsior, mas que a Record era a Record, líder. A cartada final foi dizer que não sabia se tinha dinheiro para bancar a contratação, mas se fosse preciso venderia o carro para tê-lo no elenco.

Ronnie assinou. Em 15 de outubro de 1966 estreava *O Pequeno Mundo de Ronnie Von*. Nas tardes de sábado.

Não demorou a achar estranho que convidados de seu programa não pudessem ir ao *Jovem Guarda* e vice-versa. Tentou falar com Paulo, que desconversou. Procurou Roberto Carlos, que não atendeu. Percebeu que caíra dentro da geladeira.

"Eu acho que sim [que o contratamos para anulá-lo], porque a gente não era de brincadeira. E show business é negócio, é comércio. Sabendo que ele poderia fazer um programa na TV Excelsior no mesmo horário do Jovem Guarda, a gente o contratou para deixá-lo em outro horário na nossa TV. Nós não tínhamos muito dinheiro, mas tínhamos criatividade", disse Paulo Machado de Carvalho Filho para Paulo Cesar de Araújo na biografia de Roberto Carlos *Em detalhes*, que foi tirada de circulação por intervenção do cantor.

O Pequeno Mundo de Ronnie Von era bastante diferente do Jovem Guarda. O cenário fazia referência a contos de fada. A linha musical era (ou seria) antenada com o que acontecia lá fora, e ao que Ronnie tinha acesso direto. Sua assistente de palco era Sônia Braga (sim, a atriz), uma fadinha que lia as cartas. Só que com o bloqueio bilateral dos programas era difícil encontrar como preencher musicalmente a atração.

Havia poucos meses o pai de Ronnie trouxera o disco *Revolver*, dos Beatles. Ele tinha uma amiga tão fanática quanto Rita Lee e a convidou para escutarem juntos. Conversa vai, Rita diz que seu grupo estava num impasse. Eram seis integrantes, mas brigaram e sobraram os irmãos Baptista, Arnaldo e Sérgio, e ela.

Os dois eram instrumentistas geniais. Rita era linda e carismática. O trio completou o time do programa. Ronnie era viciado em ficção científica e estava lendo *O império dos mutantes*, de Stefan Wul.

Bateu os olhos na capa e sugeriu Mutantes como nome para o grupo. Ficou.

Além da música, Arnaldo Baptista lembra que dividia com Ronnie a paixão por carros e aviões. "Um dia ele perguntou: 'Arnaldo, sabe por que eu moro aqui em Santo Amaro? Porque aqui se vendem os melhores automóveis, tem as melhores lojas de carro'", conta. "Ele era totalmente diferente dos outros artistas que eu conhecia: Gil, Jorge Ben, Caetano... era uma coisa estranha porque ele havia sido um aviador e entendia tudo o que eu tinha estudado a respeito. Então, ele falava de aviões, falava inglês e era muito bonito como pessoa", acrescenta o músico.

No dia 15 de outubro de 1966, lá estavam Ronnie com os comparsas Mutantes na estreia do programa. Era uma colcha de retalhos que misturava a exibição de *Revolver* com apresentações – no primeiro dia, tocaram a "Marcha turca" de Mozart em guitarra. Para o programa seguinte, levaram o maestro Cyro Pereira e quarteto de cordas e fizeram "Eleanor Rigby" em quatro vozes.

A pobreza de recursos e atrações não impediu que a atração começasse a fazer sucesso, o que passou a atrair artistas, como Eduardo Araújo, Martinha, Jerry Adriani, os Vips e o pessoal que viria a formar a Tropicália. Atraiu também, segundo forte lenda e confirmada por quem trabalhou nos bastidores na época, a fúria de Roberto Carlos.

Em dezembro de 1966 ele lançou "Querem acabar comigo". Um dos presentes ao estúdio durante a gravação jura que o Rei cantou "Querem acabar comigo/Isso eu não vou deixar" com a foto de Ronnie à sua frente.

No final de 1966, Ronnie arrumara uma banda que lhe acompanharia até 1968, o B-612, nome do asteroide que era o planeta original do *Pequeno Príncipe*, de Antoine de Saint-Exupéry. Não, o trocadilho com o *Pequeno Príncipe* não seria por acaso.

Ronnie e Roberto, rivais e amigos, príncipe e rei, em foto de 1968.

Acompanhado por modelo, Ronnie posa para ensaio fotográfico publicado na década de 1970.

Em 1966, nos bastidores do *Show do dia 7*, na Rede Record, com Erasmo Carlos e Consuelo Leandro.

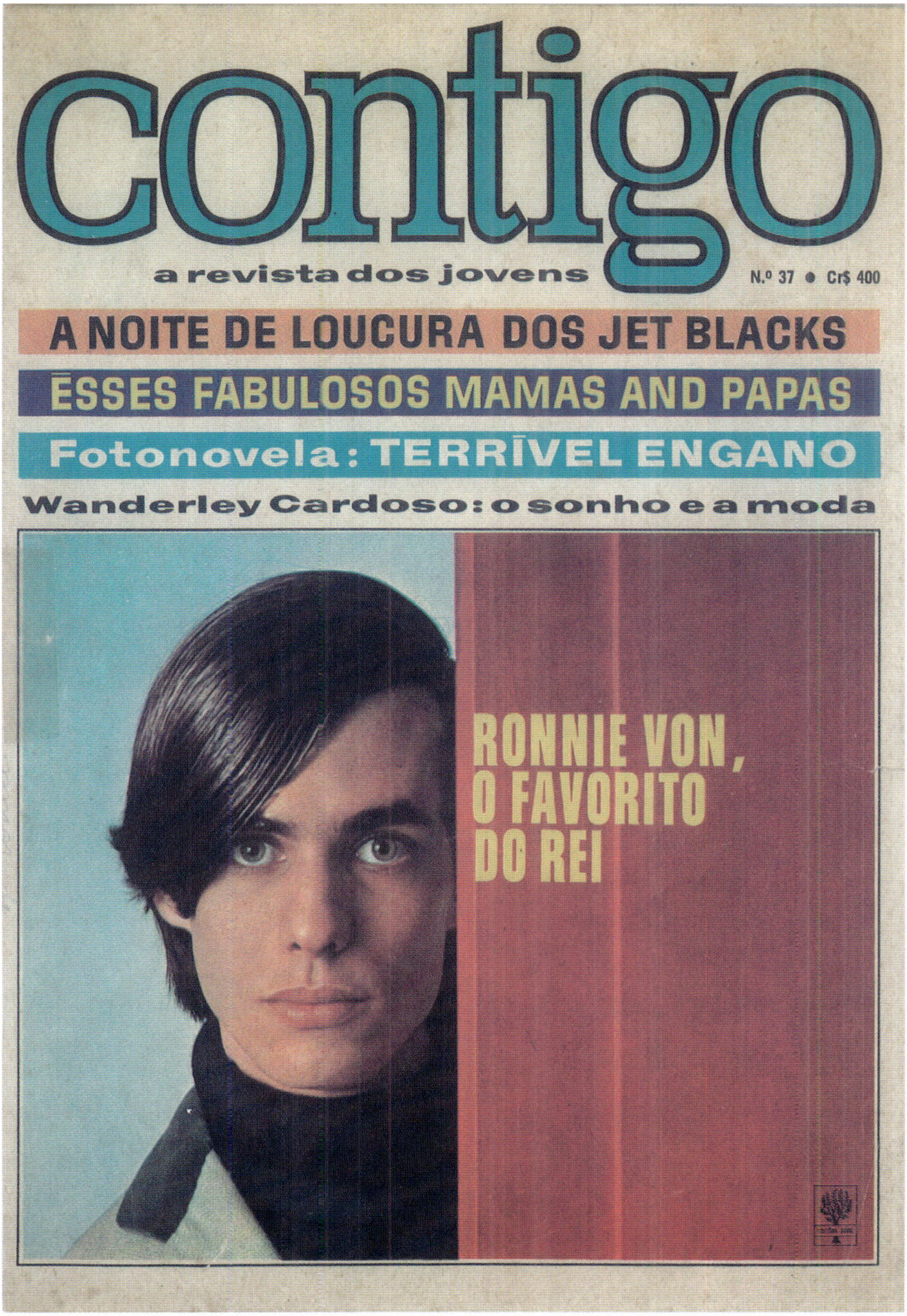

Capa da revista *Contigo*, em 1966, apresenta Ronnie como o favorito do rei. O rei em questão era Agnaldo Rayol. Ele adotou Ronnie como pupilo, levava-o para abrir seus shows.

Em 1974, Ronnie e Aretuza posam juntos na casa em que moravam, no Morumbi.

Abraçando Alessandra, em 1970, na varanda do quarto da filha, na casa do Morumbi.

Em sua casa no Morumbi, bairro que escolheu como moradia em São Paulo, levando a filha Alessandra nas costas, em 1970.

Ronnie e Kika jantam ostras em Florianópolis, durante visita à família, logo após o nascimento do filho Léo, em 1987.

Ao lado de Aretuza, Ronnie comemora o réveillon de 1975 na casa noturna Gallery, em São Paulo.

Os netos Stefano (filho de Alessandra), Enzo e Georgia (filhos de Ronaldo Von) na casa do filho Ronaldo, em 2004.

No Rio de Janeiro, em 1954, recebendo a medalha de ouro do Prêmio Brasil por ter se formado em 1º lugar no primário do Curso Estela Trovão de Melo. Atrás do Ronnie, de óculos, está a professora Estela, a quem o cantor deve a iniciação à literatura e ao mundo das artes.

Ronnie Von posa para ensaio da revista *Bazar*, em 1979.

Ronnie ao lado da cantora Vanusa em imagem de divulgação da novela *Cinderela 77*, de Chico de Assis e Walter Negrão, da TV Tupi, em 1977.

Entre as cantoras Wanderléa (esq.) e Dalva de Oliveira (dir.) no Prêmio da Ordem dos Músicos do Brasil, em 1967.

No *Pequeno Mundo de Ronnie Von*, em 1966, na Record, com o cantor Bobby di Carlo ao fundo.

Depois de três anos de carreira, Ronnie Von quer a liberdade

NINGUÉM MAIS MANDA EM MIM!

Êle se cansou de ser apenas um boneco nas mãos de empresários e diretores de televisão. Agora, pretende cuidar sòzinho da sua carreira. Vai cantar as músicas de que gosta sem aceitar imposições de ninguém. Arethusa procura apoiá-lo nesta nova fase. Ela diz que não tem nada contra a carreira do marido. Pelo contrário, acredita que Ronnie tenha valor suficiente para conseguir um sucesso maior ainda.

Estou farto de tantas mentiras a meu respeito! Não sei porque tanta gente se preocupa em falar mal de mim. Só pode ser por pura antipatia pessoal. É a única resposta que encontro para tanta maldade. Eu nunca levantei um dedo para prejudicar ninguém, muito pelo contrário. Sempre ajudei os que me procuravam.

Ronnie Von está magoado com os constantes ataques que vem sofrendo de uns meses para cá. Ùltimamente, muita gente da imprensa escrita andou distorcendo diversos fatos relacionados à sua carreira pelo simples prazer de deixá-lo desacreditado perante o público. Êle não encontra razão para isso. Sua voz revela um misto de raiva e angústia.

— Não sei, talvez eu esteja, sem querer, prejudicando os interêsses econômicos de alguém e êsse alguém, por vingança, queira me destruir. Não posso imaginar quem seja o autor direto de tudo isso. Agora cheguei à conclusão de que só existem duas coisas que contam nesta vida: dinheiro e sexo. Tudo gira em tôrno dêles. Se eu comprasse todos êsses que me atacam, pode ter certeza: êles passariam a falar e até a inventar maravilhas a meu respeito. Se, por exemplo, uma cantora jovem e bonita não vê problemas em sair com uns e outros, a coisa também começa a funcionar para o seu lado. Mas, num caso ou no outro, vou acabar conseguindo o que quero. Meu público, que me compreende, está comigo. E é isso o que importa. Ou então, se eu fôsse uma mulher bonita e não me importasse de sair com uns e outros, a coisa também funcionaria para o meu lado. Todo mundo iria me badalar, me ajudar na busca da fama. Mas não adianta, eu não desisto. Mesmo sem ser mulher bonita, sem dar dinheiro para ninguém, vou acabar conseguindo tudo o que quero, tranqüilamente.

"NUNCA ENGANEI NINGUÉM"

Depois do desabafo, Ronnie faz uma pausa. Parece cansado. Arethusa, sua espôsa, traz café e cigarros. Êle dá umas baforadas, continua. Insiste em deixar bem claro vários pontos relativos à sua carreira.

— Primeiro, quem me lançou, no Rio, foi Eli Barra (um dos Brazilian Bitles) e, em São Paulo, Agnaldo Rayol. Segundo, nunca gravei um disco de versões com arranjos do maestro Diogo Pacheco. Terceiro, não fui aos Estados Unidos em razão de meu programa na TV Record estar caindo de audiência. Fui sob contrato de uma companhia de turismo, ganhando alguns milhares de dólares. Quarto, nunca fui um filhinho de papai. Estudava ciências econômicas e administração de emprêsas ao mesmo tempo em que trabalhava. Sou pilôto desde 1960. E quinto, nunca enganei ninguém dizendo que não era casado. Sempre arranjava uma desculpa quando alguém insistia no assunto, mas nunca afirmei: sou casado ou não sou casado.

Arethusa faz questão de interromper. Ao lado de Ronnie, é uma mulher feliz, segura, que encontrou a realização sentimental durante quatro anos e meio de casamento. Quando fala do marido, é para defendê-lo com unhas e dentes.

— Se o Ronnie não me apresentava a ninguém é porque eu impus isso a êle. Fiz sempre o possível para não me misturar com a carreira dêle. Sou casada com Ronaldo Nogueira e não com Ronnie Von. Só deixei que êle me apresentasse às fãs e à imprensa depois de êle insistir muito. Êle estava a ponto de desistir de tudo para não continuar na mentira. Eu então concordei em aparecer. Nunca teria coragem de obrigá-lo a abandonar a carreira.

AGORA, SÓ QUERO MOSTRAR A VERDADE

Foi depois de ver o primeiro filme dos Beatles, Os Reis do Ié-Ié-Ié, que Ronnie sentiu que encontrava sua razão de ser, de ser cantor. Ficou impressionado.

— Confesso que êles modificaram a minha vida. Eu só gostava de música clássica e de jazz. Odiava todo o resto. Depois de ver o filme, passei a ser outro homem. Achei os quatro tão geniais que, a partir daquele dia, descobri que só poderia me sentir realizado através da música jovem.

Há exatamente três anos, em meados de 1966, o sucesso chegava para Ronnie Von. Meu Bem, versão dêle mesmo de Girl, dos Beatles, ficava semanas e semanas no primeiro lugar das paradas. Como conseqüência, começaram a aparecer as imposições dos diretores de televisão, da gravadora, de firmas comerciais e da imprensa. Ronnie, prêso a contratos, e sem a experiência de hoje, virou pràticamente um boneco, sem liberdade de ação. Muitas imagens foram criadas à sua volta, como a do Pequeno Príncipe. Hoje, êle diz que até o Pequeno Príncipe cresceu. Depois de três anos de limitações, Ronnie começa a se libertar dessa engrenagem.

— De hoje em diante ninguém mais manda em mim. Agora quero me comunicar diretamente com meu público, sem ninguém para interferir. Eu estava prêso a imposições de contrato e não podia fazer quase nada. Na TV Record, eu era apenas mais um, no meio de tantos. E eu quero ser eu mesmo, quero mostrar a verdade e aquilo que eu gosto e acho certo. Agora estou cheio de novos planos. Já nas próximas semanas estarei estrelando, num dos teatros de São Paulo, um grande espetáculo musical, totalmente diferente de tudo o que já se fêz até agora. Estou superotimista em relação à minha carreira. É como se respirasse um ar nôvo, puro. De hoje em diante tudo vai ser mais fácil. Os obstáculos já estão desaparecendo. E se houve alguma queda, ótimo. É um ponto de partida para eu subir ainda mais alto. ●

Matéria publicada na revista *Capricho*, em 1969.

CAPRICHO

MAIO DE 1969 — N.º 224
2.ª QUINZENA — ANO XVIII

Maysa, que parece ter voltado definitivamente ao Brasil, desmente ter encontrado um nôvo amor e reafirma que ama seu marido Miguel cada vez mais. Seus novos planos estão focalizados em reportagem na pág. 12.

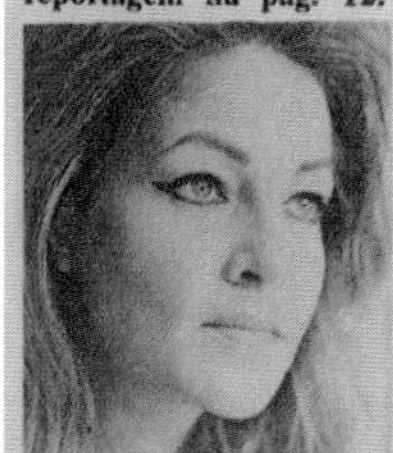

Ronnie Von está cansado de tudo. Diz que não suporta mais sentir alguém mandando fazer e cantar coisas que êle não sente. Quer ser, doravante, um nôvo Ronnie Von. As suas confissões estão publicadas na página 4.

Frank Sinatra confessa que o maior êrro de sua vida foi ter casado com Mia Farrow. Lembra seus primeiros amôres, todos fracassados, mas acha que nenhum dêles o prejudicou tanto quanto o de Mia. Página 6.

Foto da capa: Abraham Lincoln Metri

Editor e Diretor: VICTOR CIVITA

Diretor de Publicações: Roberto Civita
Diretor Editorial: Luís Carta
Diretor Comercial: Domingo Alzugaray

CAPRICHO

Diretor: Odilio Licetti

Diretor de Redação: Wladimir Araújo
Redator-Chefe: Gilberto Di Pierro
Secretário de Redação: Raul Monteiro
Redatores e Repórteres: Célia Burjato, Flávio Iné, Rita Moreira, Wladimir Tavares de Lima
Arte: Irineu S. Schwab (chefe), Benedito Veloso, Luzeni Dantas da Silva, Moysés Monteiro (assistentes)
Fotógrafos: Abraham Lincoln Metri, José Antônio, Roger Bester, Lew Parrella (diretor)
Departamento de Moda: Regina Guerreiro (editôra), Roberto Barbosa (chefe de arte), Edna Souza Dias, Nicole Antaki (assistentes)

BUREAUX

Rio: Odylo Costa, filho (diretor), Milton Temer (chefe de redação), Sônia Hirsch, Domingos Meirelles, Yllen Kerr (chefe de fotografia), Darcy Trigo, Antônio de Andrade, Achemar Veneziano, Pedro Henrique (fotógrafos) — Brasília: Pompeu de Souza (diretor), Almir Gajardoni (chefe de redação), Afonso de Souza, Evandro Paranaguá, Fernando Sylos, J. Carlos Bardawil Renato V. Soares (repórteres), Luiz Humberto (fotógrafo) — Recife: José Carlos Rocha — Pôrto Alegre: Paulo Totti — Belo Horizonte: Alberto Souza Cruz — Curitiba: Elmar Bones da Costa — Salvador: Edgar Catoira — Nova York: Paulo Henrique Amorim — Correspondentes: Ivo Barroso (Londres) e Ezio Vitale (Roma)

SERVIÇOS EDITORIAIS
Gerente: Roger Karman. Documentação: Samuel Dirceu (supervisor), Ana Lúcia da Rocha Franco, Antônio Zago, Celso Ming, Dilico Covizzi, Eloá Jacobina, Fernando Rios, Irede A. Cardoso, Irene Hirschberg, João Guizzo, Octavia Yamashita, Regina Vianna, Riwka Tauba Schwarc, Sergio Capozzi, Ubirajara Forte, Waldiras N. Galvão. Serviços Fotográficos: Yussi Lehto (supervisor), Olga Krell (supervisora de produção de fotografias).
Cartografia: Francisco Beltran

DEPARTAMENTO COMERCIAL

Diretor: Flávio da Silva Prado

Diretor Comercial: Hamilton Paciullo
Gerente de Publicidade: Eduardo C. de A. Sodré
Gerente de Promoções: Ângelo M. C. de Sá
Representantes, São Paulo: Francesco Bitetto, Romeu A. Lourenção — Caderno Regional: Edson F. Cardoso, Omir Barbagli
Gerente de Publicidade, Rio: Italo Gargiulo
Representantes: Sérgio Pôrto (Belo Horizonte) Edison Helm (Curitiba), Elcenho Engel (Pôrto Alegre), Antônio Lyra Filho (Recife), Hernani Drummond (Rio de Janeiro)

* * *

Diretor de Operações: Richard Civita
Diretor de Relações Públicas: Hernani Donato
Diretor do Escritório, Rio: André Raccah
Diretor de Publicidade: Salviano Nogueira
Diretor de Publicidade, Rio: Sebastião Martins
Gerente de Produção: Arno Langer

* * *

Diretor Responsável: Waldemar de Souza

EDITORA ABRIL CAPRICHO, a Revista da mulher moderna, é publicada pela EDITÔRA ABRIL LTDA. — Redação: Avenida Otaviano Alves de Lima, 800. Tel.: 62-1140 — 62-1170 — 62-1181. Publicidade e correspondência: Rua João Adolfo, 118, 9.º andar. Tel.: 239-1422. Administração: Rua Emilio Goeldi, 575. Tel.: 37-9111. Caixa Postal: 2372. Telex: 021.553. São Paulo. — Telex em Nova Iorque: EDABRIL 423.062. — Escritórios — Rio: Av. Presidente Vargas, 502, 18.º. Tel.: 23-8913. Caixa Postal: 2372. — Brasília: Edifício Central, s/ 1201 e 1208. Tel.: 3-4890 e 3-4899. — Belo Horizonte: Rua Espírito Santo, 466, s/ 707 e 708. Tel.: 22-3720. Telex: 037-724. — Curitiba: Rua Cândido Lopes, Edifício Tijucas, s/ 1211. — Pôrto Alegre: Av. Otávio Rocha, 115, s/ 507 a 511. Tel.: 4778 — Recife: Rua da Concórdia, Edifício Cidade de São Salvador s/ 502 e 503. Tel.: 4-4957. — Salvador: Trav. Bonifácio Costa, Edifício Martins Catarino, s/ 1302. Tel.: 3-1696. — Preço do exemplar avulso: NCr$ 1,00. Preço da assinatura: o mesmo preço do exemplar na banca (multiplicado por um ano ou seis meses), mais as despesas do porte registrado. Ninguém está credenciado pessoalmente a angariar assinaturas de nossas publicações: se você fôr procurado por alguém, denuncie-o às autoridades locais. Reclamações sôbre irregularidades na entrega de assinaturas: Caixa Postal 7901, São Paulo ou pelo telefone 62-3167, ramal 72, das 8 às 11 horas. Números atrasados no Rio de Janeiro: Rua Sacadura Cabral 141; em São Paulo: Rua Brigadeiro Tobias, 773; pelo Correio: Caixa Postal 7901. Temos em estoque sòmente as últimas seis edições. — CAPRICHO é distribuída nacionalmente pela Distribuidora Abril Ltda., São Paulo. — Todos os direitos reservados. — Impressa em oficinas próprias e nas da SAIB — Sociedade Anônima Impressora Brasileira — São Paulo — As opiniões dos artigos assinados não são necessàriamente as adotadas por esta revista, podendo até ser contrárias às mesmas.

A circulação de CAPRICHO é verificada pelo IVC — Instituto Verificador de Circulação

CAPRICHO — 3

Foto de Ronnie entre os cantores Maysa e Frank Sinatra chama para entrevista especial com ele.

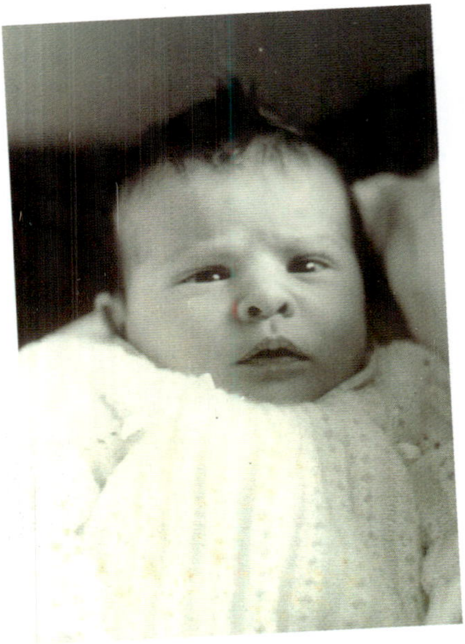

Foto de Alessandra Von, na maternidade Pro Matre, em janeiro de 1970.

Ronnie ainda bebê, com a mãe Noly, na casa da família em Niterói, em 1945.

Brincando na rua onde morava em Niterói, em 1945.

Na década de 1970, Ronnie e Aretuza no jardim da casa do Morumbi.

Ronnie com a primeira mulher Aretuza, na casa do Morumbi, em foto de 1969, para revista da época.

Na casa de um vizinho, no Morumbi, Ronnie brinca com duas amigas na década de 1970.

A franja famosa se torna o centro da atenção em foto da década de 1970, na porta da casa de Ronnie, no Morumbi.

Em Petrópolis, em 1984, na casa do irmão Tony. A partir da esquerda: o filho Ronaldo, Ronnie, Bia Seidl, esposa na época, Alessandra e Daniel, filho de Bia.

O MUNDO ENCANTADO DE RONNIE VON

Localizada na área vip de São Paulo, a residência de Ronnie Von nunca foi fotografada ou mostrada ao seu grande público. Agora, como se os clarins estivessem tocando, os portões reais são abertos, mostrando todo o requinte de um jovem nobre

Primeira casa comprada por Ronnie Von, no Morumbi, em São Paulo, é fotografada para matéria especial, em 1976.

RONNIE VON CORTOU OS CABELOS PARA NÃO MORRER!

QUANDO perguntaram a Ronnie Von por que êle abdicara da sua imagem de "Pequeno Príncipe" e cortara os longos cabelos, o cantor declarou, sorrindo: "Acho que comecei em uma época e para um público jovem que admitia Antoine Saint-Exupéry como símbolo. A leitura de seu livro "O Pequeno Príncipe" era obrigatória. Mas o tempo correu e Saint-Exupéry já não se identifica mais com o meu público, daí a razão de abandonar aquela imagem e tentar coisa nova, a começar pelo meu nôvo LP no qual me permiti certas liberdades musicais. A questão principal é renovar. O que não sei é se estou no caminho certo. Vale a intenção de querer renovar. Vivo de experiências até encontrar a minha verdadeira imagem".

● Admitindo que a renovação é a base de sua ressurreição como artista, Ronnie Von provou ser um môço inteligente. Assim que percebeu uma queda em seu prestígio, Ronnie preocupou-se. Não desejando "morrer artìsticamente", procurou renovar-se. Cortou, então, os cabelos compridos e agora está empenhado em saber, junto às suas fãs, como elas o receberam com a nova fisionomia. Aliás, Ronnie no momento presente é um artista em expectativa. Acha que o seu nôvo disco pode obter sucesso, mas se suceder o contrário, garante que não vai desanimar. Ronnie procura um nôvo som, um nôvo estilo, uma nova personalidade, para não sucumbir de maneira alguma. Vale tudo, portanto, até mesmo fazer certas coisas que o "Pequeno Príncipe" jamais fêz, no auge de sua carreira, como seja visitar periòdicamente os disc-jóqueis em horário matutino.

● Sôbre o corte de seus cabelos Ronnie está promovendo um concurso em uma emissora de Rádio, do Rio, para saber das fãs se elas concordam com o que foi feito e se acham que o cantor ficou "mais legal". Pelo que se compreende, de agora em diante, Ronnie quer manter maior contato com o seu público e realizar-se artìsticamente de acôrdo com as reações de sua platéia particular. Êle próprio está impulsionando sua carreira procurando "brechas" para conseguir destaques nos diversos ambientes que freqüenta. Mas Ronnie faz questão de explicar que nada do que faz atualmente é definitivo. Êle poderá mudar a qualquer momento, desde que entenda ser necessário. O importante — diz Ronnie com convicção — é não morrer como artista...

Ronnie Von, dizem os seus amigos íntimos, ficou até feliz em se livrar da cabeleira comprida. Quis ser sempre assim. O que acham?...

Em matéria de 1968.

Primeira casa comprada por Ronnie Von, no Morumbi, em São Paulo, é fotografada para matéria especial em 1976.

RONNIE VON

Nêste ponto, Ronnie fica exaltado: **Pré--fabricado uma ova! Eu fui arrastado num turbilhão de mentiras. Fui logrado, enganado dezenas e dezenas de vêzes".** Àqueles que o enganaram, Ronnie não pretende responder. Só que terão de engolir um nôvo Ronnie Von. Se quiserem, é lógico.

Confirmando que o tempo das vacas magras já passou mesmo, Ronnie mostra o grande terreno em volta de sua mansão no Morumbi. **"Está vendo? Alí**

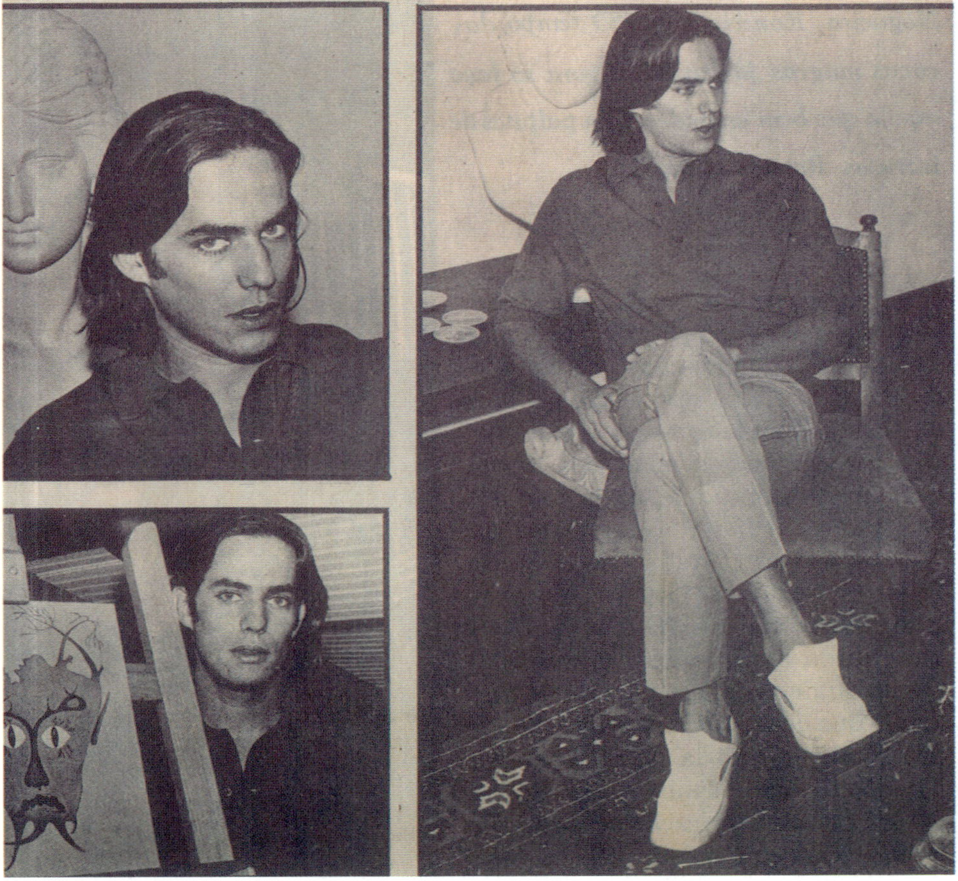

Entrevista publicada na década de 1970 traz em uma das fotos quadro pintado por Ronnie Von. Sobre a obra, Ronnie diz: "Medonho, né? Não sei nem que fim levou isso".

8

José Maria Nogueira era presidente do Instituto do Açúcar e do Álcool quando teve a ideia mais óbvia para o planeta. Os Estados Unidos enfrentavam a quebra da safra da beterraba, que sustentava grande parte de sua produção de açúcar. A Jamaica, enorme fornecedora, tivera um ano péssimo na safra de cana de açúcar. O governo brasileiro, até então, tentava priorizar a produção de cana no Nordeste, mas São Paulo apresentava estoques monumentais do produto. José Maria simplesmente uniu os dois pontos – desovou o excedente paulista a preços convidativos para os Estados Unidos e virou primeira página do jornal *The New York Times*, como, literalmente, o salvador da lavoura.

Hebe Camargo apresentava um programa de entrevistas na TV Record aos domingos e convidou José Maria Nogueira a participar. Pergunta vai, já tinha armado para que este levasse seu filho, Ronnie. Levantou a bola, perguntando se ele tinha filhos e então chamaram Ronnie.

– Mas não é uma gracinha? Olha só a carinha dele de príncipe. É o Pequeno Príncipe.

Nogueira pai ainda fez uma brincadeira no programa, o que finalmente colocou uma pedra sobre os desentendimentos com Ronnie no início de carreira.

– Eu estou no IAA (Instituto do Açúcar e do Álcool) e ele, no iê-iê-iê.

O programa marcou o batismo do Pequeno Príncipe brasileiro. Carregou tanto significado o apelido que o livro de Exupéry começou a vender como nunca no Brasil. O autor, Antoine de Saint-Exupéry, era um aristocrata francês e aviador como Ronnie. Desapareceu no mar Mediterrâneo em 1944 em missão de reconhecimento. Um ano antes havia lançado *O pequeno príncipe*.

Com o apelido dado por Hebe, o livro começou a fazer tamanho sucesso no país no final dos anos 1960, mais de 25 anos após seu lançamento, que a viúva do autor, Consuelo de Saint-Exupéry, quis saber o que acontecera. Quando ficou sabendo a história, enviou para Ronnie uma relíquia, uma estatueta do Pequeno Príncipe em cerâmica, que ele guarda como um tesouro em sua casa.

Como os Mutantes se bandearam para carreira autônoma, o maestro Eduardo Assad, contratado da Record, foi incumbido da missão de formar uma banda de apoio ao programa *O Pequeno Mundo de Ronnie Von.*

O primeiro nome do grupo formado por Eduardo (vocal), Zé Guilherme (guitarra), Gilberto Amado Teixeira (baixo), Vilceli Marcio de Mattos (bateria) e Adalberto de Oliveira, o Nenê (guitarra) foi Eduardo e seus Menestréis. Logo, Ronnie trocou para B-612.

Enquanto não estavam com Ronnie na TV ou como banda de apoio nos shows, eles faziam bailes. Tocavam muita coisa romântica, como Stevie Wonder, Procol Harum, Bread e Classic Four. Mas calcavam pé no rock vigoroso e psicodélico da época, Jimi Hendrix, Steppenwolf, Led Zeppelin, Rolling Stones e, obviamente, Beatles.

Mas não foi nem com o romantismo nem com a psicodelia roqueira que Ronnie alcançaria seu maior sucesso.

*

No início de 1967, Ronnie foi à rádio Bandeirantes em São Paulo promover o lançamento de seu recente compacto que tinha "A Catedral", de um lado, e "Menina de Azul", do outro.

José Paulo de Andrade e Fernando Solera eram disc-jóqueis da rádio e estavam com uma missão encomendada por Carlos Imperial, figura ímpar do showbiz brasileiro e que havia feito parte do lançamento da carreira de Elis Regina, Roberto Carlos e Wilson Simonal, entre outros.

Os três caminharam até uma sala cheia de relógios com fusos horários pelo mundo e um gravador de rolo.

– Olha, Ronnie, tenho a incumbência de te mostrar uma música hoje, disse Solera.

"Hoje eu acordei com saudades de você/

Beijei aquela foto que você me ofertou/

Sentei naquele banco da pracinha só porque/

Foi lá que começou o nosso amor.

Senti que os passarinhos todos me reconheceram/

E eles entenderam toda a minha solidão/

Ficaram tão tristonhos e até emudeceram/

E então eu fiz esta canção.

A mesma praça, o mesmo banco, as mesmas flores e o mesmo jardim/

Tudo é igual, mas estou triste, porque não tenho você perto de mim".

– Pô, mas isso é uma marcha-rancho, reagiu Ronnie. Não tem nada a ver comigo.

- É uma coisa ligada ao interior. E todo mundo tem um pezinho no interior, argumentou Solera.

- O Carlos Imperial disse que fez a música pra você, completou José Paulo.

Até hoje Ronnie não sabe muito bem falar não. Chamaram a orquestra do maestro Portinho e o grupo vocal formado por cinco cegos, Titulares do Ritmo, e gravou. Deu no que deu.

O compacto com "A praça", de um lado, e "Canção de ninar meu bem", do outro, saiu em abril de 1967. Na primeira semana, entrou direto no quarto lugar entre os mais vendidos. Na segunda semana, disparou no topo. Foi a primeira situação de fila nas portas de lojas de discos do país.

Ronnie havia comprado uma casa no Morumbi em janeiro de 1967 com quitação prevista em 12 prestações. Pagou tudo de uma vez. Investimento importante, já que o sucesso de "A praça" não permitia mais que ele saísse socialmente de casa.

No mês seguinte, o LP cheio, com "A praça", "Canção de ninar meu bem" e mais dez músicas foi lançado. Vendeu inacreditáveis cinco milhões de LPs. Começou ali também a prolífica parceria com Arnaldo Saccomani, produtor de onze discos dele e o homem que, para o bem e para o mal, determinou uma guinada violenta na carreira do cantor.

Saccomani não mede as palavras para explicar o que os dois procuravam: "A gente queria se distanciar do Roberto Carlos, no fundo era isso. Porque havia uma disputa. Eu moleque, ele também. Ele era um cara ousado. Ele olhou para mim e falou: 'Vamos radicalizar?' Falei: 'Vamos'. Então, vamos fazer para quebrar mesmo, quebrar essa barreira". E fizeram o disco *Ronnie Von 2*, ainda em 1967, radical e tropicalista como queriam, mas que foi o primeiro fracasso de Ronnie.

O mercado não tinha essa paciência de esperar que o artista ficasse burilando canções em estúdio, lançasse o álbum, partisse em turnê de anos, tirasse férias e voltasse ao estúdio pra reiniciar o processo. O processo era produto. Vinil.

Nem seis meses depois sai mais um disco de Ronnie, o terceiro, apelidado n.3, com três fotos dele na capa e uma aproximação importante – um dueto em composição de Caetano Veloso, "Pra chatear". A parte instrumental do disco foi quase toda tocada pelos Mutantes. O restante, pelos Beat Boys. Em retrospectiva enxerga-se um passo para fora do círculo da Jovem Guarda, em que ele nunca foi aceito. Igualmente não queria fazer parte. "Basicamente, a gente pretendia quebrar o vínculo com a Jovem Guarda", confirma Saccomani.

Em comum com a turma jovem guardista tinha a juventude e explosão na mesma época. Além de programa de televisão. Não por muito tempo, porém. *O Pequeno Mundo de Ronnie Von* foi encerrado em dezembro de 1967.

Em 17 de janeiro de 1968, Roberto Carlos gravou sua última participação no *Programa Jovem*

Guarda. O Ibope apontava que a atração deixara de ser líder de audiência nas tardes de domingo, ultrapassada pelo Programa Silvio Santos e seu Baú da Felicidade.

Roberto, que não era bobo, decidiu que seu período televisivo estava encerrado e sabiamente focou na carreira de cantor e compositor. Flertava já com ritmos como soul e funk, além do rock´n´roll. Vazou sua verve romântica e passou a lançar sequência dos melhores discos de sua carreira.

Quem estava fora da turma eram os Mutantes, que faziam rock autoral, e logo se uniram a outros com igual personalidade sonora, principalmente Gilberto Gil e Caetano Veloso.

O que eles faziam era fundir esse rock paulista de guitarras com a visão baiana de MPB, em mistura que originou a Tropicália (termo emprestado de uma canção de Caetano Veloso), por onde surgiram além de Gil e Caetano, grupos como os Novos Baianos e artistas como Tom Zé.

"Alegria, Alegria", lançada no final de 1967, era o exemplo concreto. Foi um momento decisivo da cultura brasileira quando levada por Caetano como concorrente do Festival da Record daquele ano. No mesmo festival, Gilberto Gil com os Mutantes concorreram com "Domingo no Parque".

O mesmo Gil que meses antes havia participado com Jair Rodrigues, Zé Keti, Geraldo Vandré, Edu Lobo e o grupo MPB-4 da Passeata Contra

A Guitarra Elétrica, organizada por Elis Regina, e que em 17 de julho de 1967 saiu do Largo São Francisco e terminou no Teatro Paramount, na avenida Brigadeiro Luís Antonio, onde seria gravado o programa Frente Ampla da MPB.

A turminha da MPB banquinho e violão torceu o nariz para o festival comandado por guitarras elétricas.

Ronnie não participou do festival. Mesmo assim levou dura de Elis:

– Ronnie, como é que você se mete com essa turma de guitarra elétrica? Esses alienados. Você tem que ter uma responsabilidade maior. Você tem que ter um comprometimento com o social.

Só que Ronnie vivia numa encruzilhada. Ele não tinha o talento da composição de Roberto Carlos, para seguir carreira autoral. Nascera cantando versões de Beatles e era conhecido agora mundialmente por uma marchinha alegre. Não tinha igualmente o dom vocal de Elis como intérprete. Seu programa de TV acabara. O sucesso o havia aprisionado em casa. Não estava fazendo o que gostava artisticamente. Era a hora do basta. Era a hora de "Chega de tudo".

9

Em 1968, a TV Record decidiu fazer um programa fora da grade com o cantor, *O Especial Ronnie Von*. O diretor foi Nilton Travesso, que fez ali o primeiro videoclipe da história do país.

Deram para Ronnie um avião biplano Bücker Bü, de 1939, nave alemã que fez fama na Segunda Guerra Mundial ao ser usada pelos pilotos da Luftwaffe para combate.

Nilton gravou o cantor interpretando "Help" nos estúdios da TV e mesclou com gravação dele no Campo de Marte, vestido como piloto da Primeira Guerra, decolando e pilotando a aeronave. Meteu uma câmera Marconi Mark IV, que devia pesar meia tonelada, em cima de uma perua Veraneio, esticou meio quilômetro de fio para acompanhar a decolagem e... claquete.

No estúdio, Jô Soares saía vestido de padre gritando help com uma guarnição de soldados atrás dele. Editou tudo isso e transformou a versão em videoclipe, antes de existir videoclipe. O produto se perdeu em um incêndio da TV Record no ano seguinte.

A imagem de Ronnie Von estava consolidada. O musical, com o sucesso estrondoso de "A praça", igualmente. Poderia viver do eco do sucesso por décadas. Era um filhote de gravadora, aquele tipo de artista que reza conforme a direção artística prega.

Só que no mesmo ano, a Philips, por onde lançava os trabalhos, ficou acéfala. Coisa de poucos meses, entre a saída do presidente Alain Troussard e a chegada do sírio André Midani, repatriado pela companhia.

Midani havia morado no Brasil desde os anos 1950. Foi decisivo no início da Bossa Nova e o sucesso na indústria fonográfica o levou a ocupar a presidência da Capitol no lançamento desta no México.

Em São Paulo, Ronnie vivia a existência de pobre menino rico. Fazia mais sucesso do que podia imaginar ser possível. À custa de um tipo de música de que não gostava. Só que seguia escutando tudo o que a gravadora lhe mandava.

Recebia fitas de compositores que queriam que ele lhes gravasse aos baldes, 90% marchinhas alegres. Até que, da noite para o dia, não tinha um cara na gravadora para lhe dizer qual seria seu próximo passo. Deu um salto no escuro. E o que alcançou ali só seria reconhecido mais de três décadas depois.

Ronnie Von não conhece droga alucinógena. Nenhuma.

Um dia estava no carro com um amigo e este tinha acabado de tomar um ácido. Ele lá, só observando, e ficou assustadíssimo quando o colega quis pular do veículo em movimento porque o automóvel estava prestes a esmagá-los. "Você não está vendo as paredes encolherem?", gritava.

O cantor começou a mentir para os amigos que tinha um problema neurológico e que se usasse qualquer tipo de droga poderia morrer.

Ninguém era mais careta do que ele. Ninguém era menos apropriado a fazer um disco psicodélico do que ele. Até que ele apresentou à gravadora no final de 1968 um trabalho que começava com "Meu novo cantar" e terminava com "Canto de despedida".

A chave mestra do trabalho está na quarta faixa do lado A do LP: "Silvia: 20 horas domingo". Um *riff* corrosivo do guitarrista José Guilherme, do grupo B-612, mudou tudo o que o cantor fizera até ali.

A letra versa sobre o encontro que teria com a tal da Silvia às 20 horas do domingo, e, do meio para o final da música, uma maçaroca de pianos e deslumbres na guitarra, sem qualquer preocupação de uniformidade sonora, enquanto o próprio Ronnie cita ironicamente "a mesma praça".

Para Ronnie, o ápice é a faixa anterior, "Espelhos quebrados", que une o universo erudito, em arranjos de cordas, com o rock. "A minha 'Eleanor Rigby'", se refere até hoje.

A verdade é que a cota de Ronnie no primeiro dos três trabalhos que o colocariam no Top 10 dos principais músicos psicodélicos do mundo tem que ser repartida entre quem o acompanhou na aventura.

A estampa (e a voz) eram dele. Mas os incendiários da piração assinam como Arnaldo Saccomani, na composição, Zé Guilherme e conjunto B-612 e até mesmo o maestro Damiano Cozzela.

Quando o último chegou, toda a parte roqueira do disco estava pronta. Ele foi encaixando arranjos orquestrais na direção musical. O resultado não poderia ser mais desconexo. Nem mais conectado com o que se fazia. Lá fora.

O disco abre com um quase sussurro: "Olha, eu nem sei de onde venho/Nem pra onde vou/Ninguém me escuta/E nem sei quem sou".

Traz o desabafo "Chega de tudo": "O ontem não existe/No amanhã depois eu penso/O hoje é tudo, enfim/Pra você e pra mim/Vamos sorrir. Por isso tenho/Tenho que esquecer/Que amanhã é segunda-feira/Pois nesse mundo/Quem manda sou eu/Sou jovem a semana inteira".

A gravadora não entendeu nada quando recebeu a máster do trabalho. Nem o público. Foi um fracasso monumental de vendas. Ele fez provavelmente o disco que mais vendeu e o que menos vendeu em sequência na história da música brasileira.

Entenderiam menos ainda quando nem um ano depois, em outubro de 1969, ele voltou com o trabalho *A misteriosa luta do reino do Parassempre contra o império de Nuncamais*. Faixa um: "De como meu herói Flash Gordon irá levar-me de volta a Alfa Centauro, Meu verdadeiro lar".

Ronnie, mais uma vez com o maestro Damiano Cozzella, dera certa refreada. O disco trazia regravações como "Dindi" (Tom Jobim), "Atlântida" (Donovan), "Comecei uma brincadeira" (versão de "I started a joke", dos Bee Gees), "My cherrie amour" (Stevie Wonder) e "Onde foi" (versão de "Morning girl", do The Letterman). Também uma música de Juca Chaves, "Por quem sonha Ana Maria". Mas era invendível.

Não era o que mais lhe preocupava à época. Sua mulher estava grávida da primeira filha do casal, Alessandra, que nasceu no segundo dia de 1970. Três meses depois, Aretuza engravidou de novo. Quando Ronaldo nasceu, em dezembro, ele tinha lançado o disco que havia combinado com André

Midani que o reposicionaria na linha mais comercial, *A máquina voadora.*

A capa trazia novamente seu rosto em close. As músicas eram mais amenas e radiofônicas do que os dois anteriores. Até uma homenagem à recém-nascida filha foi incluída, "Tema de Alessandra". Mas o trabalho também não vingou comercialmente.

No restante daquele ano e no seguinte, Ronnie fez alguns shows e passou mais tempo com os filhos e a mulher.

No começo de 1972, voltou às prateleiras das lojas de disco com o trabalho que ficou conhecido pelo título da primeira faixa, "Cavaleiro de Aruanda".

É um disco que mostra tanto o momento reflexivo quanto confuso que vivia.

O lado A abre com ode ao paraíso para os praticantes de umbanda, na mitologia afro-brasileira: "Quem é o cavaleiro que vem lá de Aruanda/É Oxóssi em seu cavalo com seu chapéu de banda/Quem é esse cacique glorioso e guerreiro/Vem montado em seu cavalo descer no meu terreiro".

Uma ousadia e tanto. Foi o primeiro cantor a gravar um ponto dos terreiros de umbanda.

No miolo do lado B, pregação hare krishna: "Hare, Hare Hare Krishna/Salve, salve, salve Krishna/Salve o mundo de muitos deuses/Salve o mundo de muitos homens/Salve a vida bem colorida/Salve a vida como ela é".

Há razão para a dubiedade. Os Beatles haviam flertado com o hinduísmo no período de descobertas dos quatro, no final dos anos 1960. Mesmo após a separação, George Harrison manteve o entusiasmo pela religião e cultura indianas. No ano anterior, seu maior sucesso, "My sweet Lord" entoava um canto hare.

Já o lado afro-brasileiro do trabalho nasce na primeira experiência de Ronnie como galã de cinema, em *Janaína, a virgem proibida.*

Ronnie é o rockstar Ricky, boa-pinta, cabeludo e já nas primeiras cenas aparece vestindo calça e jaqueta de couro com fãs enlouquecidas tentando arrancar sua roupa enquanto canta "Minha gente amiga", de seu disco prévio aos psicodélicos.

Ricky vive o grande dilema dos jovens ricos (como ele no filme), a rivalidade com o irmão, interpretado por Raul Cortez. Mas Ricky não é um galã bonzinho – ele corta os cabos de freio do carro do irmão, que sofre um acidente mas não morre.

Desgostoso, Ricky larga a carreira de rockstar e vai para a capital baiana. Decide viver na simplicidade entre os pescadores, até conhecer Janaína (Marlene França). Ricky se apaixona, mas Janaína diz que o amor entre eles não pode acontecer.

Cenas de Salvador, música "Cavaleiro de Aruanda", e surge o irmão de Ricky num helicóptero na praia dizendo para que retome a carreira artística. Ele conta estar apaixonado, mas sua musa aparece saindo do mar, como divindade de umbanda, onde Janaína é Iemanjá.

Janaína, a virgem proibida é dirigido por Olivier Perroy, que adaptara dois anos antes para o cinema *Beto Rockfeller*. O filme ficou pouquíssimo tempo em cartaz.

No ano seguinte, grava um disco melhor, que leva simplesmente seu nome mais uma vez. E grava também um filme melhor, *O descarte*.

Baseado no conto "Um crime perfeito", de Flavio Vieira, o longa tem como protagonistas Glória Menezes e Ronnie Von. Ele faz o papel de Bruno, que se envolve com a viúva Cláudia (Glória Menezes) após ela presenciar o acidente fatal do marido e começar a manifestar problemas mentais.

O filme é dirigido por Anselmo Duarte e produzido por Tarcísio Meira. Duarte havia sido galã de cinema e era um dos melhores diretores do Brasil. Ganhou a Palma de Ouro em Cannes, em 1962, com *O pagador de promessas*, que também concorreu ao Oscar de Melhor Filme Estrangeiro.

O descarte foi lançado em 1974. Existia uma promessa cinematográfica concreta para Ronnie. Mas as telonas nunca foram sua praia. Não gostava da dinâmica de gravação sem ordem linear. Por não ser um ator de formação, a falta de cronologia das filmagens trazia mais dificuldade em desenvolver o personagem.

Voltou a se concentrar na música nos anos seguintes. Entre 1974 e 1977, lançou três compactos e se dedicou aos shows. Até explodir mais uma vez no Brasil inteiro, com tentáculos espalhados pelo mundo.

Mas, quando isso aconteceu, sua vida pessoal estava em frangalhos.

10

Foi um anúncio de morte comemorado efusivamente com palmas e rojões por dezenas de milhares de pessoas reunidas naquele 1º de maio de 1979. Não era para menos. O AI-5, Ato Institucional arbitrário do governo militar, havia sido extinto quatro meses antes, as greves proliferaram pelo país e a permissão à volta ao pluripartidarismo tomava corpo no comício do Sindicato dos Metalúrgicos do ABC, em São Bernardo do Campo, com o lançamento do manifesto da fundação do Partido dos Trabalhadores. Assim, quando o jornalista Juca Kfouri anunciou ao microfone a morte de Sérgio Fernando Paranhos Fleury, muitos foram às lágrimas (de contentamento) no comício.

Fleury era o mais conhecido perseguidor de opositores ao regime militar, que vigorava havia 15 anos. Delegado de formação, foi convidado a exercer a função no temível Dops (Departamento de Ordem Política e Social) em 1968. Para ele não havia diferença entre contraventor político e social – tratava a todos como bandidos, e os relatos de tortura que praticava ou ordenava preenchem quilômetros de fichas históricas do período no país. Fleury estreou no famoso Congresso de Estudantes de Ibiúna, em que centenas foram presos. Participou direta e ativamente da emboscada ao inimigo número um do regime, o baiano Carlos Marighella, quando ele foi morto na alameda Casa Branca, no bairro dos Jardins, em São Paulo, em 1969, e é apontado como líder do Esquadrão da Morte, que não precisa de apresentações formais.

Com todo esse currículo, foi condecorado com a Medalha do Pacificador pelo Exército Brasileiro e como Amigo da Marinha. Os três poderes se cruzaram quando o aviador Ronnie Von procurou ajuda da polícia, em 1976, por conta de ameaças que sua família vinha sofrendo. Começou com a presença rotineira de um Fusca cor de vinho, que passava insistentemente à frente da casa do músico em baixa velocidade. Não era possível identificar os ocupantes, mas o bairro do Morumbi, em São Paulo, era bem mais ermo que atualmente, e qualquer presença de veículo era notada. Ainda mais um chamativo como aquele. Até o dia em que a casa do cantor foi invadida, mas Alessandra, de seis anos, Ronaldo, de cinco anos, e Aretuza, mulher de Ronnie e mãe dos dois, não estavam em casa. Nada de valor foi levado. Pareciam estar apenas marcando território, ou algo do tipo.

Dois dias depois, nova tentativa de invasão. Mas dessa vez a casa estava ocupada, menos por Ronnie, que viajava, e Aretuza e os filhos tiveram que pular o muro da residência e buscar refúgio no vizinho. Ronnie voltou e deu um basta. Mexeu os pauzinhos da fama e logo seu caso estava na mesa mais quente do comando da polícia. Ainda era recente o sequestro que o embaixador norte-americano Charles Elbrick sofrera pela união de forças dos movimentos opositores ao regime, Ação Libertadora Nacional (ALN), criada por Marighella, e Movimento Revolucionário 8 de Outubro (MR-8), quando utilizaram o diplomata em troca da libertação de presos políticos.

Fleury montou aparato na casa de Ronnie: jardineiros, mordomos, copeiros, todos estranhamente armados até os dentes. Um funcionário dormia no quarto de Ronaldo, outro, no de Alessandra. A ordem era para que nenhum morador ficasse dando sopa na janela. O cerco não durou muito, coisa de duas semanas, até que a família Nogueira foi avisada que o "perigo havia passado". Policiais comentaram com eles, sem entrar em detalhes, que a dispersão do grupo, do qual constavam supostamente sequestradores chilenos, não foi das mais pacíficas.

E o perigo aos Nogueira durou uma década pelo menos, até que já nos anos 1980, outra situação ameaçadora envolveu, desta vez, apenas Ronaldo e Alessandra. Estavam no Ford Landau do pai voltando da escola até que no caminho pela avenida Cidade Jardim, que conduz ao Morumbi, Ronaldo comentou curioso com a irmã que o motorista do carro ao lado estava de cinto de segurança. Naquela época não era obrigatório, e ninguém usava. O cara estava numa Belina. Ronaldo notou que no carro do outro lado deles, um Corcel 2, o motorista também usava cinto de segurança. Não podia ser coincidência. O motorista deles, Osvaldo, percebeu também a situação estranha e fez uma manobra brusca em conversão de última hora. A Belina conseguiu acompanhá-lo, também bruscamente, mas o Corcel 2 teve de frear e dar marcha a ré, e cruzou o caminho do carro da família Von-Nogueira, obrigando-os a parar.

Desceu do carro um homem de vinte e poucos anos, aparentemente, e sacou um revólver. Osvaldo avisou os dois: "quando eu mandar vocês se abaixam", e engatou primeira marcha. Quando estava à mesma distância do próprio carro e do Landau, Osvaldo mandou os irmãos agacharem, acelerou e fugiram sem olhar pra trás. Era um período bastante assustador para os adolescentes, por tudo que haviam enfrentado em passado recente.

Lembrando desses acontecimentos, Ronnie não considera que tenham sido determinantes para uma mudança de comportamento no que diz respeito à segurança. Pelo menos, não à sua própria. Ao contrário de muitos de seus pares no meio artístico, Ronnie segue a vida sem seguranças particulares, exceção feita àqueles que guardam sua residência. Recentemente, recusou a escolta oferecida pela emissora em que trabalha para que pudesse transitar entre sua casa e o trabalho de maneira mais segura e usa apenas o motorista particular que o acompanha desde sua estreia.

Vida financeira

O assunto segurança traz à tona um tema delicado para Ronnie Von: seu patrimônio. Bem-nascido, líder inconteste de vendagens de discos durante o auge de sua carreira musical, dono de cachê invejável na mesma época, com centenas de shows agendados a cada ano e apresentador de televisão acostumado aos merchandisings, Ronnie não pode se queixar de falta de caixa. Não?

As obras de arte que povoam as paredes de sua casa foram testemunhas de inúmeros momentos de preocupação por parte do apresentador. As despesas com o tratamento de seu filho mais novo somadas às inseguranças da carreira artística fizeram com que o casal Ronnie e Kika considerasse seriamente as possibilidade de vender boa parte do que conseguiu reunir durante os anos. Incluindo aí peças herdadas e que estavam na família há gerações. Para alguém que tanto preza a tradição e os conhecimentos adquiridos do pai, seria o mesmo que fracasso. No período que precedeu a estreia do *Mãe de gravata*, quando Ronnie finalmente conseguiu se reinventar, o padrão de vida dos Von passou bem perto de mudar drasticamente.

Ciente de que não havia como viver o resto de seus dias das lembranças do que fora artisticamente, Ronnie buscou outras fontes de renda. Na verdade, procurou mantê-las funcionando em paralelo sempre que pôde, mas o talento para empreiteiro e depois publicitário não se mostrou o mesmo alcançado como cantor e apresentador. Além disso, Ronnie não pode ser definido como uma pessoa que sabe escolher aqueles que estão ao seu lado para ajudá-lo em sua carreira, seja ela qual for. Se lá atrás um empresário o impediu de tornar-se o que Julio Iglesias viria a ser, aqui não faltaram aqueles que não primaram pela honestidade e deixaram o dublê de empresário ainda mais dependente do apresentador. Ainda hoje, embora com uma vida bastante confortável, Ronnie Von luta para se recuperar dos tropeços que sofreu por suas escolhas.

11

Aos 97 anos, completos dia 20 de dezembro de 2013, José Maria Nogueira é presidente de honra do Círculo Esotérico da Comunhão do Pensamento. O grupo é a mais antiga ordem esotérica brasileira, fundada em 1909, e estuda as forças ocultas da natureza e do homem tendo como base quatro pilares: harmonia, amor, verdade e justiça.

A vida de seu filho Ronnie foi guiada por esses princípios paternos. Foi esse estranhamento que ele teve quando, em uma conversa com o pai, notou insinuações nada comuns ao homem que conhecia.

– Pai, não é possível que uma pessoa com esse nível de perversidade possa estar aí.

– Meu filho, esse homem perverso tem dentro dele uma centelha divina, porque ele é criação de uma energia cósmica maior, que, dependendo da sua crença, você pode chamar de Deus ou do que quiser.

– Não, não consigo entender.

O pai, então, fez o que Ronnie chama tanto de "bobagem" quanto de uma das "lições mais importantes que recebeu na vida". Montou sobre uma base de madeira três soquetes com três lâmpadas interligadas, uma preta, uma cinza e uma transparente.

– Isso aqui é o ser humano, disse o pai.

– Como assim?

– Essa lâmpada preta é aquele perverso que você falou. Essa cinza é o ser humano mais ou menos normal, o ser humano comum. Você enxerga de certa forma a incandescência dele. E esta transparente é o ser humano como ele foi criado. Todo mundo tem o seu lado bom. Lá no fundo do fundo existe o lado dessa centelha divina. O meio em que ele vive, porque ele é produto do meio em que vive, as circunstâncias de sua vida, a memória de DNA de uma pessoa que foi má na vida, fazem com que ele tenha eventualmente essa capa preta ou cinza, mas ele não é de todo mau. Ninguém é de todo mau.

Ronnie não conseguia perceber isso quando seu casamento com Aretuza chegou ao fim, porém.

A relação nascera bem mas crescera de modo complicado, para dizer o mínimo.

Famoso e galante, quando Ronnie se mudou para São Paulo, as pessoas acreditavam que a mulher que o acompanhava em alguns compromissos era sua assessora ou parente. Era uma mulher interessante, mas estava longe da beleza principesca do cantor, por quem todas as mulheres sonhavam os melhores sonhos.

Na vida íntima, os dois exerciam papéis complementares. Aretuza era muito boa nas relações sociais, a casa vivia cheia de amigos e ela era o centro magnético das festas. Ronnie exercia seu papel de celebridade, com a torcida ganha de antemão.

Aretuza se tornou, inclusive, amiga de Nice, primeira mulher de Roberto Carlos, o que encerrou qualquer rusga que viessem a ter.

No entanto, a falta de rotina na vida do cantor, que escondia bem o fato de ser casado para capitalizar a possível disponibilidade somada à hormonal vida da agora mãe de dois e todo estresse decorrente disso começaram a bater à porta com a conta de anos.

Aretuza tinha engordado durante a gravidez de Alessandra e, mal saída do resguardo, já estava grávida de novo, de Ronaldo. O peso adicional começou a incomodá-la e ela começou a tomar os remédios para emagrecer. Estava bebendo na tentativa de segurar a barra muitas vezes sozinha por conta dos compromissos do marido.

Quando Ronnie voltava para casa, começou a encontrar as malas arrumadas à porta como recado para que fosse embora de vez.

– Minha filha, você sabe o que é amor?, perguntou Aretuza para Alessandra, de cinco anos, em 1975.

– Sei, é o que o papai sente por você e você por ele.

– É. O amor do seu pai por mim acabou.

Mas só no início de 1978, ele pegaria as malas e iria embora de vez.

Quando Ronnie finalmente decidiu sair de casa, ele começou a namorar Anna Luiza. Conheceram-se em 1977 no programa de Airton e Lolita Rodrigues e ficaram juntos até 1983.

Anna ganhou notoriedade após ter estampado um calendário da Petrobrás, em que mostrava as exuberantes razões que levaram o rico empresário Paolo Berlusconi, irmão caçula do polêmico ex-premiê da Itália, a tê-la como amante. A relação com Anna deixou cicatrizes tão profundas em Ronnie Von que, mais de 30 anos depois da separação, ele simplesmente se recusa a falar o nome da ex-mulher.

O cantor fez várias músicas durante esse período como reflexo do conturbado relacionamento.

Uma delas é "Prá ser só minha mulher", junto com Erasmo Carlos. Gravada por — quem diria — Roberto Carlos, a letra dá pistas sobre o que viveram:

"Ah, esse amor que me arrasta, me gasta e me faz sofrer./ Mas, me devolve a vida, escondida em quartos que eu não quis dormir./ Ah, esse amor bandido, contido quer me machucar./ Mas, só me traz verdades que a idade toda não consegue dar./ Abra os braços pra me guardar, que eu todo vou me entregar, começo meio e fim e a minha cuca ruim./ Aperte a minha mão, esse caminho e a solução pra te levar se quiser, pra ser só minha mulher./ Ah, esse amor selvagem, passagem pra loucura e pra dor./ Mas, eu confio na sorte, eu sou forte como o bicho mais feroz./ Ah, esse amor aflito, que eu grito e ninguém pode ouvir./ Mas, me entrego a um sonho que componho em versos pra você dormir."

Aos 57 anos, morando no Rio, Anna compreende a dor de Ronnie:

— Entendo perfeitamente. Realmente, deixei ele bastante magoado da maneira como nos separamos. Eu era uma menina ainda, mas ao menos fui verdadeira.

A seguir, completa dizendo que sente "falta do amor que ele dizia ter por mim". Anna admite que traía o cantor, mas diz que também era traída, o que é negado por Ronnie.

Se devastou o coração de Ronnie, o fim do romance serviu para que o cantor ficasse mais próximo dos filhos. Quem explica é a própria Aretuza:

— Quando ele se apaixonou por essa moça, foi viver esse amor. Aí, depois que essa moça largou ele, traiu ele, foi embora. E ele sofreu muito também. Tudo aquilo que eu sofri um tempo antes por ele, ele sofreu por essa moça. Então, o que ele poderia ter para amenizar aquele sofrimento dele? Os filhos. Foi quando eu resolvi, assim, em comum acordo entre a gente, que ele fosse ficar com os filhos. Se antes ficavam a semana comigo e o final de semana com ele, invertemos. Porque aí ele tinha como se distrair, levar as crianças para o colégio. Você sabe como é cabeça vazia, oficina do demo, né? Então ele tendo com o que se preocupar, eu achei que o sofrimento dele seria menor. E foi assim.

Ela não esconde que Ronnie foi o grande amor da sua vida e garante que nunca teve ciúme das fãs. Pragmática, preocupava-se apenas com o sustento da casa.

– Olha, eu nunca apareci como mulher dele. Eu já era casada. Casei no cartório, no civil, na Candelária, um casamento lindo, meu vestido tinha dez metros de cauda… e quando a gente resolveu entrar nessa, foi tudo muito conversado. Então eu sabia que do portão para fora era o artista, era de todas as mulheres. Do portão para dentro era meu. Sempre existiu um abismo, mesmo que esse abismo fosse transponível por um passo. Então, lá fora, era o artista. Eu conhecia quando ele fazia o charme de homem e quando fazia o charme de mulher. Então, ciúme, ciúme, realmente eu nunca tive, porque era aquilo que trazia o pão para a minha boca, para a boca dos meus filhos. Eu não poderia ter ciúme de uma coisa da qual eu sobrevivia. Nós vivemos juntos, foram quinze anos, a gente foi um casal muito feliz, muito apaixonado. Aí, de repente, deu uma pirada na vida, a vida deu uma pirada, e as coisas mudaram. Mas enquanto a gente foi casado, a gente foi muito feliz.

Aretuza vive hoje em Cabo Frio, no Rio de Janeiro. Dentro do universo dela, tem tanta influência quanto o ex-marido. Com dois programas de TV, dona de coluna social e mãe de uma menina que herdou seu nome, é uma figura reluzente.

No começo dos 1970 até quase o desfecho da década, o período foi sombrio, porém.

Depois do nascimento dos filhos, não conseguiu voltar à antiga forma. Procurou um endocrinologista e recebeu a recomendação de um que atendia e emagrecia a nata da sociedade paulistana. Ao custo de um coquetel que continha anfetamina, inibidor de apetite e estimulante do sistema nervoso central. Cada pessoa reage de maneira diferente a um medicamento. À anfetamina, Aretuza não reagiu muito bem.

Tinha reações incompatíveis com sua personalidade, seu olhar ficou vidrado, começou a ter ciúmes do marido, algo que não tinha se manifestado nem no auge do assédio feminino pelo cantor.

A família começou a procurar psiquiatras, terapeutas que a recolocassem no eixo.

Até que no ano da gigantesca explosão do cantor com "Tranquei a vida", em 1977, o casal teve uma briga. Foram passar o réveillon na casa de um amigo do cantor e Aretuza cismou que ele estava paquerando uma convidada. Ela já sabia também de Anna Luiza.

No dia 4 de janeiro de 1978, Ronnie fez as malas e se mudou para a casa do pai. Imaginou estar dando um tempo. Nunca mais voltou à família com Aretuza. O rompimento foi tão traumático, somado à descarga emocional do trabalho da época, que não só não voltaria a ter a família que conhecia, como não voltaria a ser o Ronnie que vivera até ali.

No ano seguinte, conheceria a polineurite plurirradicular. Um desfecho de terror para um caminho cheio de flores por onde passava.

Primeiro avião pilotado por Ronnie Von, modelo Fokker T21, em 1966. O voo aconteceu em Campos dos Afonsos, Rio de Janeiro, na Escola de Aeronáutica.

Ronnie Von pilota em 1966, em Biritiba Mirim, São Paulo.

Como cadete da Aeronáutica, em 1962.

MINISTÉRIO DA DEFESA
COMANDO DA AERONÁUTICA

Medalha "Mérito Santos-Dumont"

(Criada pelo Decreto nº 39.905, de 05 de setembro de 1956)

DIPLOMA

O Comandante da Aeronáutica, de acordo com a Portaria nº 687/SC, de 22 de junho de 2005, resolve conceder a Medalha "Mérito Santos-Dumont" ao Senhor Ronaldo Nogueira, pelos destacados serviços prestados à Força Aérea Brasileira.

E, para constar, mandou expedir o presente diploma.

Brasília, 20 de julho de 2005; 184º da Independência e 117º da República.

Ten Brig Ar Luiz Carlos da Silva Bueno
Comandante da Aeronáutica

Representação de um sonho realizado: Diploma de Honra ao Mérito Santos-Dumont outorgado a Ronnie, em 2005.

Ronnie abraça o neto Stefano em sua festa de aniversário, em 2004, ao lado dos filhos Alessandra e Ronaldo, com os três netos e a ex-nora Kelly Rodrigues.

Em entrevista no SBT, em 2006, no Programa da Hebe.

Os Brazilian Bitles, que colocaram Ronnie como sexto integrante um dia e o lançaram cantor.

O amor pelos Beatles levou à aproximação de Ronnie com o grupo, que protagonizou a primeira missa rock'n'roll da história.

Ronnie e Cristina trocam olhares apaixonados, em 1986, na primeira casa que dividiram após o casamento, em Pinheiros, bairro da capital paulista. Ao fundo, um quadro bordado em seda, presente de Cristina a Ronnie antes do relacionamento dos dois.

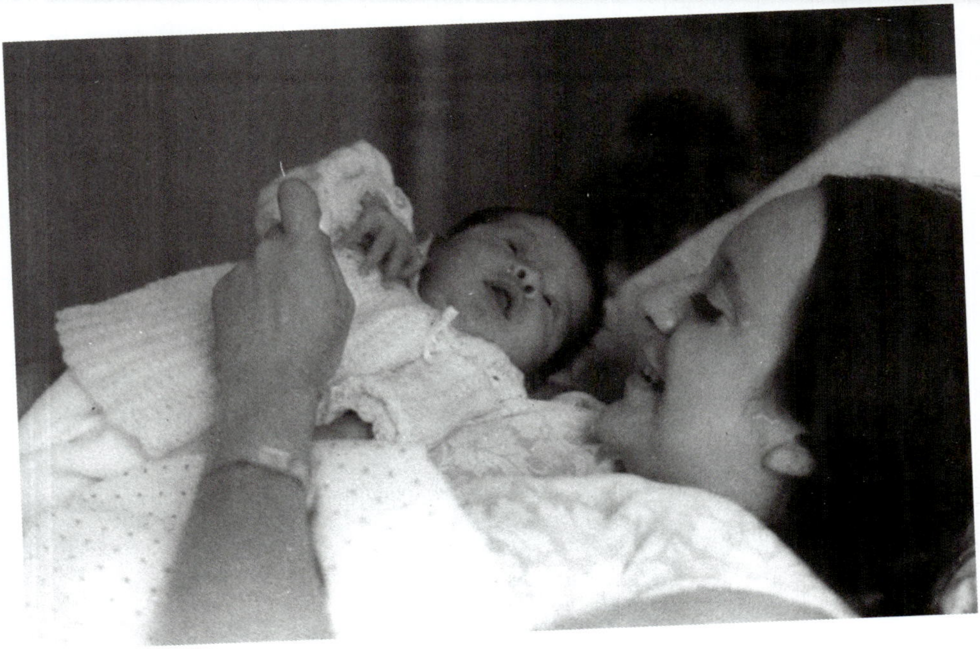

Aretuza segura a recém-nascida Alessandra na maternidade Pro Matre, em 1970.

Em 1952, o irmão Tony, a mãe Noly e Ronnie comemorando o aniversário de oito anos do cantor na casa da família, em Niterói, Rio de Janeiro.

Imagem de lançamento do programa *Assim Caminha a Juventude*, na TV Excelsior, em 1969.

Aretuza, primeira mulher de Ronnie.

A MULHER DE RONNIE VON VIVE FUGINDO

ELA É BEM DIFERENTE DAS MOCINHAS QUE GRITAM POR RONNIE VON NO AUDITÓRIO DA TELEVISÃO. ELA É UMA SENHORA. A SENHORA RONALDO NOGUEIRA, QUE SÓ TEM DIREITO A ALGUNS MOMENTOS AO LADO DO MARIDO. NA RUA, ÊLES FINGEM QUE NÃO SE CONHECEM. ÊLE ANDA NUMA CALÇADA, ELA NA OUTRA. ÊLE VAI NUM CARRO, ELA EM OUTRO. RONNIE E O EMPRESÁRIO OBRIGAM ARETUSA A UMA VIDA QUE ELA NÃO QUER, DE CONSTANTES FUGAS, DE MUITAS MENTIRAS. UMA VIDA PROIBIDA PELOS PRINCÍPIOS MORAIS, RELIGIOSOS E SOCIAIS. UMA VIDA FALSA, DE MULHER INDESEJÁVEL.

Matéria publicada em janeiro de 1968.

POR QUE A MULHER DE RONNIE VON VIVE FUGINDO

O casamento é uma instituição sagrada. Ronnie Von esconde sua espôsa.

Até os povos mais primitivos sempre levaram muito a sério a união do homem com a mulher amada.

Ronnie Von esconde a mulher amada. Aeroporto de Viracopos. Pousa um jato. Pela porta da frente, desce um grupo de artistas, vindo dos Estados Unidos. Entre êles, Ronnie Von. Pela porta de trás, desce um grupo de passageiros. Entre êles, Aretusa, a mulher que não tem o braço do marido para ajudá-la a atravessar uma rua. Porque o braço do marido precisa fingir-se de livre para abraçar as fãs, para acenar aos fotógrafos. Porque o braço do marido precisa distrair a atenção, para que ninguém perceba que ela viajou com êle.

Aretusa, a espôsa, vive fugindo, contra sua vontade. Já confessou à amiga mais íntima:

— *Minha vontade era de sair gritando por aí: eu sou a espôsa de Ronnie Von.*

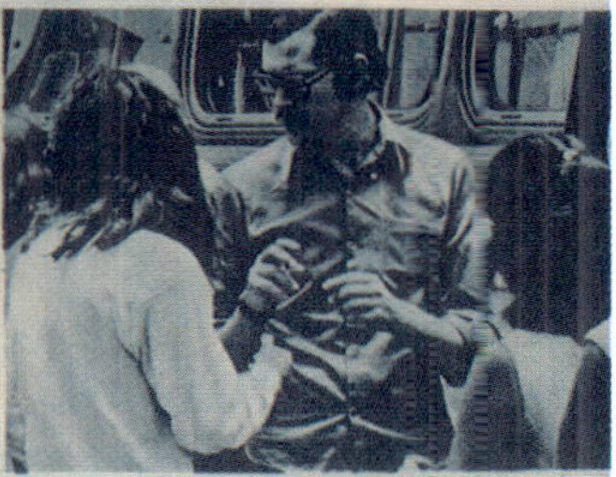

Enquanto Ronnie recebe as fãs, no ônibus que o levou do Aeroporto, o secretário se esquiva para acompanhar Aretusa, longe dos olhos do marido.

A informação vem da Guanabara: êles se casaram no tempo em que Ronnie Von era apenas Ronaldo Nogueira. Quem realizou a cerimônia foi o próprio pai do artista, que, além de homem de negócios, é pastor evangélico. Durante algum tempo viveram a vida normal de qualquer casal. Hoje, Aretusa tem outro braço para acompanhá-la a todos os lugares. O braço de Luís Carlos, um rapaz bem apanhado, secretário do cantor. Uma espécie de anjo-da-guarda da mulher do patrão.

DEUS OU EMPRESÁRIO?

Mesmo os índios, quando se casam, fazem o juramento de honrar, proteger e até morrer, se fôr preciso, pela mulher amada. Qualquer sacerdote, de qualquer religião, para realizar a sagrada cerimônia do casamento, exige que ambos prometam fidelidade e dedicação. O sacerdote repete as palavras de Deus.

Neste caso, as palavras de Deus são substituídas pelas palavras do empresário. O empresário de Ronnie Von pensa assim:

— *Não quero que você apresente sua espôsa ao público, agora. Muita gente sabe que Aretusa existe, mas outro tanto não acredita e prefere ficar com a imagem de você solteiro. Se apresentá-la oficialmente, essa imagem será destruída, ao passo que, escondendo-a, a maioria continuará pensando que se trata de fofoca da imprensa, que ela realmente não existe.*

Cabeça baixa, sempre. Olhar triste, sempre. Aretusa é a mulher que mais tem vontade de aparecer ao lado do marido famoso e a que mais precisa se esconder. Ela sofre com isso.

Por causa de opiniões como essa, Aretusa desembarca sòzinha, depois de uma viagem de 20 horas. Por causa desta imagem falsa a que obrigam seu marido, Aretusa se esconde entre as fãzocas, no auditório do Teatro Record, em São Paulo, sem poder aproximar-se dêle nos bastidores. Por causa de imposições, Aretusa, que se casou com o jovem Ronaldo Nogueira sonhando uma vida feliz, uma vida normal, hoje vive fugindo, esgueirando-se pelos aeroportos, trancando as janelas de sua bela casa, usando perucas para se disfarçar, mentindo, declarando-se irmã ou secretária do homem que ama como mulher.

Apenas porque alguém decidiu — contrariando os princípios da família — que um ídolo deve fingir de solteiro, Aretusa perdeu os seus direitos adquiridos de espôsa. Apenas por isso, ela não pode fazer com o marido as coisas mais simples, como o cinema de sábado, a praia no domingo, as compras na segunda.

Só porque as palavras do empresário são as palavras do dono da verdade, da moral, da religião, Aretusa vive escondida, como se fôsse crime ter casado com o homem que, em dia de grande amor, a escolheu para companheira.

A matéria trazia foto da ex-mulher Aretuza e da atual Cristina, aos 11 anos, retornando de viagem à Disney.

Em 1991, ao lado do pai, José Nogueira, no Morumbi, em São Paulo.

Ronnie e a atriz Marlene França em foto de bastidores do longa *Janaína, a Virgem Proibida*, em 1973, com direção de Olivier Peroy.

No SBT, em 2006, com o ator Mario Gomes e a apresentadora Hebe Camargo.

Em 1972, Ronnie com a filha Alessandra, na casa do Morumbi.

Ronnie se veste de mulher para festa "à fantasia" de Emerson Fitipaldi, na década de 1970. Era brincadeira do ex-piloto e quando o cantor chegou à festa, todos os convidados estavam de *black tie*.

Família reunida no tradicional almoço de domingo, em foto de 2011. A partir da esquerda: Ronnie, Tony, Stefano, Kika, Leo, Ronaldo e Alessandra.

Stefano e Enzo (com o peixe na mão), netos de Ronnie Von.

"Já comi pão mofado quatro dias seguidos. Eu e minha mulher. Agora, chega!" Êste é o desabafo de Ronaldo Nogueira, Ronnie Von "O tempo das vacas magras ja passou. Agora só faço aquilo que bem entender. Sem palpites de intrusos. Repito: chega!"

tura. Haviam-no colocado num círculo vicioso que só o tempo ajudaria a sair. Dois anos de submissão. Dois anos de sofrimento. Agora que chegou a hora do basta!, Ronnie começou a mudar. O disco que está nas lojas mostra já uma pequena diferença que, segundo o próprio Ronnie, vai ser acentuada em "shows" e em programas de televisão. **"Eu voltarei a fazer "shows" e programas de televisão, não há dúvida. Tenho uma dívida com o público que sempre me prestigiou. Há um porém: só farei aquilo que desejar. Cantarei aquilo que gostar. Me vestirei da maneira que bem entender. E não adianta virem os "experts" em pré-fabricação de ídolos que comigo não pega mais".** SEGUE

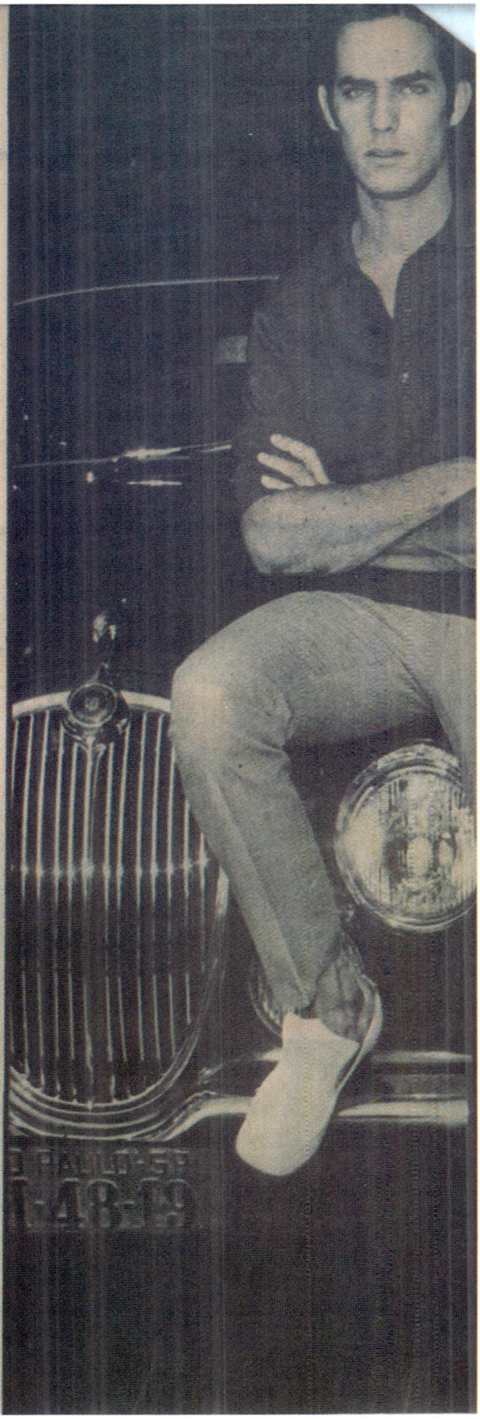

Em matéria na década de 1960.

Foto de Ronnie e Cristina na casa da família em Campos do Jordão, em 1987.

Convite para a festa de 60 anos, realizada em São Paulo, em 2004, que reuniu amigos e família.

Em 2004, Ronnie segura a neta Georgia, filha de Ronaldo.

No auge do rock'n'roll, na década de 1970, com visual influenciado pelo estilo musical.

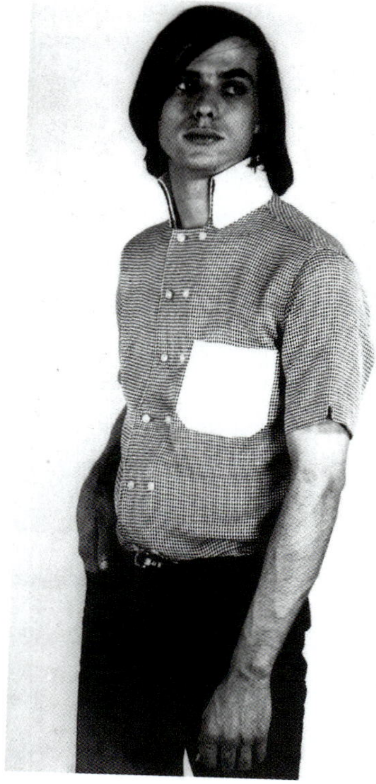

Foto para lançamento da linha de camisas Ronnie Von, em 1967. As peças tinham inspiração nos uniformes do século 19, com botões paralelos.

Capa do primeiro disco de Ronnie, que trazia basicamente covers dos Beatles.

Capa do primeiro compacto da carreira de Ronnie Von, lançado em 1966.

12

Em maio de 1977, Ronnie Von era o príncipe Sidnei Baluarte, líder da Gangue dos Gatos, formada por rapazes ricos de Campo Dourado, uma cidade encrustada no meio do Brasil. Oposta à Gangue dos Gatos, existiam os Ratos, trupe formada por filhos de trabalhadores rurais em briga por interesses sociais, familiares e amorosos.

A cantora Vanusa era Cinderela, enteada da má Catarina (Elizabeth Hartmann) e maltratada por suas irmãs adotivas Cassandra (Kate Hansen) e Bárbara (Leda Senise).

Escrita por Walter Negrão e Chico de Assis e dirigida por Antônio Mattos, *Cinderela 77* foi extremamente popular durantes os quatro meses que passou na TV Tupi, às seis da tarde. Era baseada no conto do francês Charles Perrault, de 1697.

O líder dos Ratos, Anjo, era Ricardo Petraglia. Protegia Cinderela, mas o destino falou mais alto quando o pai de Sidnei Baluarte, Lupércio, o Rei da Abóbora, promoveu um baile para que o filho escolhesse uma esposa.

Não existia semelhança com a realidade. Nem por mera coincidência. Era apenas o cantor voltando à vida, durante o processo de traumática separação, ancorado no trabalho.

Sua vida virou do avesso também na música. Sai o Ronnie cabeludo, fã de Beatles, e entra em cena o cantor romântico, modelo em altíssima cotação, com um álbum na mesma época em que a novela foi ao ar.

A canção "Tranquei a vida" foi hit do ano. Garantiu sua fama no exterior, ao ser gravada em espanhol como "Deje mi vida".

Além disso, os telespectadores paravam para ver sua performance em um dos programas mais populares da história da TV brasileira, o *Qual é a música?*. Silvio Santos transferira-se da Globo para a Tupi no ano anterior e, como um bom Silvio Santos, lançou a versão não autorizada do norte-americano *Name that tune*. A diferença era que nos Estados Unidos anônimos disputavam. No Brasil, famosos.

Ninguém era mais famoso que Ronnie naquele momento. Você ligava a TV e lá estava como príncipe da novela, ligava o rádio e "Tranquei a vida". Aos domingos, Lombardi anunciava: "O carnê de mercadorias do Baú da Felicidade, por dez milhões de cruzeiros quer saber: *Qual é a música*?".

Silvio entrava em cena e mandava o Segredo Musical: "Eu quero qualquer música que tenha na letra a palavra preguiça". Ponto para o cantor que acertasse primeiro.

Na Corrida Musical, a disputa era para quem descobria a música e a revelava após apertar o botão na bancada. Era a vez então do Leilão das Notas Musicais, em que os famosos tinham que decifrar a charada de Silvio com o nome da canção. Se não soubessem, Silvio chamava o maestro Osmar Milani (e depois, Zezinho) e perguntava ao concorrente quantas notas ele precisava para descobrir, de uma a sete. Se acertasse, quem entrava era geralmente Pablo, rosto pintado, interpretando a canção.

Uma hora e meia de disputa em média. Naquele 1977, Ronnie passou quase metade dos domingos do ano com essa exposição de clássico do Campeonato Brasileiro de Futebol na TV – ganhou 25 disputas em sequência, não foi superado por ninguém e como grande campeão do *Qual é a música?* levou uma coroa de ouro, entre outros prêmios.

A TV Tupi aproveitou o momento de retorno de Ronnie ao topo e fez mais um Ronnie Von Especial.

O cantor ainda teve tempo para gravar um álbum com versões em espanhol para o mercado latino, que conquistara com "Deje mi vida", e mais um com pegada dos velhos tempos, onde declarava "A vida é... (Um grande rock)".

Na crista da onda, a gravadora RCA viu em Ronnie a resposta que queria dar à CBS, que teve a ideia de lançar um astro latin lover. O cantor teria que ser bonito, culto e de família de classe média, pelo menos. A CBS encontrou o que queria em Julio Iglesias. E a RCA enxergou a resposta em Ronnie Von.

Ronnie se apresentou para executivos no Hotel Glória, no Rio de Janeiro. Foi mandado para a Espanha, onde se encantou com a forma como seus discos eram exibidos nas lojas, em leques. Mas seu então empresário, Marcos Lázaro, que agenciara a maioria da Jovem Guarda, cresceu os olhos no potencial e iniciou conversas com a Ariola simultaneamente. Até o ponto de descartar a RCA e não fechar com a outra opção. Julio Iglesias pôde então seguir sua carreira sem se preocupar com a concorrência.

Ronnie não se importou tanto.

A inteligência muito acima da média era de conhecimento público, ainda mais com o desempenho no *Qual é a música?*, onde provou ser um manancial de informações. Só que a inteligência emocional não acompanhava. Sofria como um cantor de tango. A somatização cobrou a conta em forma da famigerada inflamação viral que o acometeu no final de 1979.

Ronnie foi dormir uma noite e acordou com dor violentíssima na perna esquerda. Como vinha de uma laringite que não sarava nem com a reza brava do pai, foi para o hospital para fazer exames. Desconfiados, os médicos recomendaram internação.

Os sintomas eram estranhos, as dores não cessavam e a suspeita era de câncer de medula. Fez punção lombar, onde o líquor da medula é extraído. Nada foi encontrado.

Levou um precioso tempo até ser diagnosticado com neuropatia periférica com origem viral. Tão estranha era a enfermidade que nem era classificada.

Com a doença, as defesas do organismo começam a produzir anticorpos de forma descontrolada para atacar um vírus. De forma tão descontrolada que ataca e inflama o sistema nervoso periférico em variados graus.

Até aí, com sistema nervoso central íntegro e o periférico completamente inflamado, as dores eram absurdas. Começou com leves doses de demerol, medicação ministrada durante a guerra para aliviar o sofrimento de amputados até partir para doses cavalares. Depois tomava morfina três vezes por dia. Nem assim a dor era suportável.

Seu corpo não respondia a nada. Começou a ficar paralisado, até precisar de amparo para tudo, desde ir ao banheiro até higiene.

Seguiu na alopatia e começou, por influência do pai, um tratamento alternativo com medicina oriental. Tomava doses de vitamina B12 junto à geleia real, nada popular no Brasil na época.

Nesse período, uma das poucas alegrias foi a visita que recebeu de Roberto Carlos.

Mas o sofrimento era tanto, que pediu uma injeção letal ao enfermeiro. Não aguentava mais sofrer. Passados cerca de seis meses, os médicos desistiram e recomendaram que a família o levasse de volta para casa. Seria mais confortável para morrer. Fora desenganado. Cinco jornais em 1980 anunciaram a sua morte. Chegou a receber um telegrama do presidente João Figueiredo.

A família, no entanto, nunca desistiu. Em mais seis meses, assim como apareceu, a doença começou a ir embora. Quando ele conseguiu se sentar sozinho na cama, os familiares abriram uma garrafa de champanhe.

Começava ali mais um processo que consumiu os três anos seguintes, onde teve que reaprender a andar e ensinar seu corpo que boa parte da sustentação dele dependia de músculos. Perdeu o tônus ao ponto de conseguir quase girar a musculatura da panturrilha em volta da própria perna.

Até hoje, Ronnie não sente o dedão do pé esquerdo e não pode fazer certos movimentos, como pisar no pedal do carro para trocar marchas.

Mas estava vivo. Separara-se de Anna Luiza e estava de volta à vida artística. Assinou contrato com a Rede Globo, para atuar em novelas, e numa dessas, no corredor da emissora, seu amigo Carlos Eduardo Dolabella apontou para uma mulher, quase menina, e falou: "Essa daria uma boa namorada para você. Ela usa sutiã e é da Tijuca".

A referência à Tijuca precisa ser explicada para quem não conhece o Rio de Janeiro: o bairro sempre foi (hoje bem menos) o cenário idílico para os comerciais de margarina. No imaginário coletivo do carioca, virgens prendadas coloririam jardins de Monet à espera do príncipe encantado, que estudava ali bem pertinho, no Colégio Militar. Príncipe, Ronnie já era, e também tinha tido uma formação militar. Assim, a atriz Bia Seidl parecia perfeita.

E se a vida não estava perfeita, parecia voltar aos trilhos. Ronnie tinha voltado ao topo no ano anterior.

Logo após vencer a doença, passou ainda dois anos em recuperação, até recobrar autonomia física total.

Na capa do disco de 1981, *Sinal dos tempos*, com letras focadas na superação, aparece apoiado em uma manequim e diz que continuava tão fraco quando a foto foi tirada, que a sessão foi um suplício. No mesmo ano ainda fez participação especial na novela *O amor é nosso*. Seu remédio de superação era a imagem pública, na música e TV.

Dois anos depois, voltou ao primeiro lugar das paradas com disco amparado em sucesso massivo, "Cachoeira".

Parecia que o Brasil inteiro cantava: "Teu amor é cachoeira/Que levou meu coração/Nas águas de um rio de sonhos/Que desperta em tuas mãos".

13

Enquanto corria o país com o novo sucesso, viveu com Bia Seidl, dona de um dos rostos mais lindos que a tevê brasileira já tinha apresentado. Logo após se separar de Ronnie foi garota-propaganda dos sabonetes Lux Luxo, que faziam campanha mundial com os rostos das celebridades mais bonitas do mundo.

Ela apareceu na TV na novela *Jogo da vida*, de Silvio de Abreu, aos 20 anos. Aos 22, estava casada com Ronnie Von. Ele tinha 40.

Um casal perfeito para as páginas de revista. Bia era uma das protagonistas da novela de sucesso *A gata comeu*. Foi a festa das revistas de fofoca a participação de Ronnie no folhetim – a arte imitava a vida.

Paixão fulminante, o cantor mudou com os dois filhos para o Rio de Janeiro.

Pouco mais velha que a primogênita de Ronnie e famosa tão jovem, não havia maturidade precoce que sustentasse o casamento.

Achava que a filha de Ronnie projetava um amor edipiano no pai. Morria de ciúmes. Ronnie mudou. Vivia trancado no quarto com Bia. O paizão, que havia criado os filhos muito próximos dele desde que eles se lembravam, na tentativa de conciliar e contemporizar se tornara mais egoísta.

As brigas principalmente com Alessandra eram constantes.

Não era mais o pai que na menarca da filha, às duas horas da madrugada, a levou a uma farmácia para comprar o primeiro Modess e na volta para casa abriu uma garrafa de champanhe para comemorar.

Um dia, durante uma discussão, Bia estapeou a enteada na cara. Depois do tapa, Alessandra saiu da casa do pai. Voltou alguns dias depois, com a informação de que a atriz havia se separado dele. Mas ela continuava lá. Viveram algum tempo sem trocar palavra ao se cruzarem nos corredores da casa.

Alessandra ficou cheia da situação, conheceu um árabe e viu ali a chance de ir morar com o namorado e se afastar da nova família. O tal namorado foi quem a reaproximou do pai um tempo depois. Até que a relação voltou a se solidificar a ponto de, ao saber que a filha tinha ovário policístico, Ronnie se matricular em curso para entender a fisiologia feminina e ajudar a filha a superar. Até hoje seus filhos o parabenizam e lhe mandam presentes no Dia das Mães. Sim, das Mães.

Quando estava casado com Bia, sua conta telefônica não parava de crescer. Passou a confiar o drama a uma amiga de infância. Ou melhor, a uma amiga que viu crescer. Só que ela morava em São Paulo.

– Kika, eu não aguento mais. Vou me jogar da janela do sétimo andar. Essa mulher está me deixando louco, dramatizava qual um Vicente Celestino *new wave*.

Maria Cristina Rangel era uma criança quando viu seu pai definhar e perder, após seis meses de internação, a vida para um câncer. Ele tinha 36 anos.

A mãe sofria em silêncio. Menos durante o horário do programa de rádio *O Pequeno Mundo de Ronnie Von*, na rádio Jovem Pan. Ela colocava três travesseiros para apoiar o marido, abafar o som e não atrapalhar seu descanso e tinha ali um momento de desafogo na batalha que disputavam juntos.

Dez anos depois, Cristina estava casada. O Brasil parava naquele 1977 para ver o *Qual é a música?*. Seu marido, coincidentemente chamado Ronaldo, se mordia de ciúmes.

– Ih, lá vai ver o queridinho na TV.

Entre os dois momentos, as famílias Von e Rangel viraram vizinhas.

Cristina estava no acampamento Paiol Grande, no interior de São Paulo, quando sua mãe deu um cachorro para Ronnie.

O cantor e sua mulher Aretuza levaram Cristina para a Disneylândia, quando ela ainda era criança. Viraram amigos.

Até a década seguinte do *Qual é a música?*, Ronnie se casou e separou duas vezes. No meio do turbilhão amoroso, acabaram se afastando.

Numa entressafra, morou com o pai e viu um faqueiro lindíssimo. Cabo feito de chifre de búfalo com uma imagem de Buda no topo, datava da época em que a Tailândia era conhecida como Sião. O pai havia ganhado do rei tailandês quando serviu no país asiático. Sem timidez, pediu o faqueiro para o pai de presente.

– Nunca, porque se eu der, levam tudo. Não vou dar esse faqueiro de jeito nenhum para você porque você normalmente se envolve com mulheres que são profissionais, que levam tudo e levaram muita coisa que eu te dei.

Aquilo ficou gravado em Ronnie. José ainda disse que quando o filho tivesse relacionamento com quem ele aprovasse, daria o tal faqueiro.

Ao saber que Ronnie estava saindo pela terceira vez com uma nova moça, José chamou o filho e falou: "Eu vou dizer uma coisa para o senhor. Se eventualmente o senhor tiver uma ligação afetiva de alguma densidade (o pai de Ronnie fala como se escreve) e se essa relação não tiver a nossa bênção, nós vamos ter sérios problemas".

– Ótimo, agora quer mandar no meu coração, ainda brincou o cantor.

– Não, você é cego e existem pessoas à sua volta que o fariam muito feliz e sua família inteira. Eu me incluo e aos seus filhos.

Ronnie podia não saber, mas seu pai colocava nesta lista a caçula da família Rangel.

Mesmo amigos, por vezes a distância os separava. Certo dia, a mãe de Cristina estava no cabelereiro no bairro da Vila Nova Conceição, onde também morava e havia sido vizinha de Ronnie em seu primeiro endereço fixo em São Paulo. O rádio começa a tocar Cachoeira. Era 1984 e ela comenta: "Nossa, que saudades do Ronnie Von".

Uma senhora sentada ao lado comenta que era moradora do Morumbi e vizinha do cantor. "Manda um beijo para ele". Deixou o telefone com a tal senhora. Dias depois, Ronnie telefona e Cristina vai com a mãe levar o convite do casamento do irmão para ele. A amizade renascia.

O cantor passou pela separação de Bia Seidl, tendo Cristina como confidente, e voltou para São Paulo, onde teve a tal conversa do faqueiro do Sião com o pai.

Ele estava desorientado emocionalmente. Em São Paulo, a carreira até que ia bem. Uma noite fria de inverno foram comer uma pizza na alameda Itu, no bairro Jardim Paulista. Ele fez graça com a sobrancelha dela. Ela achou esquisito. Mas bom.

A noite correu leve como costuma correr para os que se descobrem seduzidos e seduzindo, e no dia seguinte ele viajou para a Argentina, onde foi gravar o segmento *O mago francês*, de Los taxistas del humor, com a direção de Vicente Viney.

Durante um café da manhã portenho, o diretor pergunta para Ronnie:

– Quem é essa tal de Cristina de quem você tanto fala?

– Cristina é minha irmã.

– Você fala muito nela. Por que você não manda ela vir para cá? Pelo menos ela fica lhe fazendo companhia pra você passear e não ficar só trancado dentro de um hotel.

– É... talvez.

No mesmo dia, ligou para o pai e comentou que um museu em Buenos Aires estava com uma exposição de Salvador Dalí, com obras emprestadas do museu espanhol que leva o nome do próprio artista surrealista. Disse que a Cristina, fã do pintor, adoraria. "Ela está aqui", respondeu o pai.

Ronnie pediu para chamá-la, contou sobre a exposição e convidou-a para ir à capital argentina, conforme o diretor tinha sugerido. Decoradora de ambientes, ela estava decorando o apartamento que ela própria havia conseguido para Ronnie e os filhos, no Jardim Europa.

Pediu a opinião de José Nogueira. "Nem pense. Ele quer te usar lá como secretária. Ele acaba te usando para isso", disse o patriarca.

– Ronnie, te ligo mais tarde.

Ele argumentou que a ligação internacional era complicadíssima. Ela pediu para que segurasse a linha por alguns minutos e ligou para a mãe, que aprovou a viagem.

No dia seguinte, Cristina apareceu no aeroporto internacional Ministro Pistarini, conhecido como Esseiza, em tailleur pied de poule marrom e bege. Os argentinos, que já o conheciam por seus sucessos em espanhol, aplaudiram quando o viram rodar e beijar a amiga.

Instalados no hotel, cada um em seu quarto, a noite era de estreia do programa que ele gravou. Assistiram todos juntos, elenco reunido e champanhe. Ao voltarem para os quartos, Ronnie a levou até o dela, no final do corredor.

Cristina é paulistana. Dá um beijo só de despedida. Ronnie é carioca. Quando interessa. Despede-se com dois beijos. O segundo foi estratégico para roçar o canto da boca, um famoso teste de tímidos. Beijo aceito, entraram na suíte de Cristina e a primeira noite de amor foi no chão do apartamento.

Ele queria isso mais que tudo. Ela esperava secretamente por isso desde que comprou o primeiro disco dele, havia duas décadas.

Acordaram e foram tomar café no quarto de Ronnie. O telefone toca. Era a mãe de Cristina.

– Ronnie, estou ligando para o apartamento da Cristina, ela não atende e a recepcionista só diz que "não contesta".

– Ela está aqui, veio tomar café da manhã comigo.

– Tão cedo?

"Estou rachado", pensou o cantor.

– Posso falar com ela?

– Pode, pode.

– Tudo bem, antes eu só queria falar para você que estou muito feliz –, entendeu e abençoou a nova sogra.

Cristina e a mãe começaram a conversar em código tão ingênuo que Ronnie sacou na hora que o "canário" da conversa era ele mesmo. Passaram os dias restantes em Buenos Aires namorando.

As famílias foram buscar os dois no aeroporto na volta. Apertaram o botão da alfândega ao desembarcarem, o que era o método de saber se a bagagem seria revistada por funcionários da Receita Federal. Deu luz verde. Caminho livre.

A primeira pessoa que Ronnie viu foi seu pai. O cantor chegou perto, o abraçou e perguntou:

– Cadê o meu faqueiro?

José Maria, que passaria batido pela segurança se avistado perdido no Castelo de Buckingham, começou a chorar.

Os familiares fizeram a primeira parada no apartamento de Ronnie. Quando Cristina saiu do banheiro e deu pela falta das malas, perguntou para os filhos do cantor, Ronaldo e Alessandra. Eles as haviam escondido.

– Daqui você não sai mais, disseram Ronaldo e Alessandra

Estão juntos até hoje.

14

Leonardo Von Nogueira nasceu em 6 de junho de 1987 com uma má formação no lábio superior, motivada pela ingestão de um medicamento contra tosse tomado por Cristina, quando ela ainda não sabia que estava grávida. O defeito, corrigido em uma cirurgia, aos cinco meses de idade, marcou o futuro do hoje cantor e compositor.

Leo Von, como é conhecido, foi superprotegido. Viveu na bolha de proteção não se sabe se por conta de um sistema imunológico mais frágil ou se por ter sido temporão.

A alteração facial no nascimento marcou também Ronnie e Cristina. Ronnie é artista, vive muito da própria imagem. Um de sua prole com fissura labial é visto, em circunstâncias assim, como um sinal.

Era época em que, empresariado por Franco Scornavacca (que comandou a carreira de Zezé di Camargo e Luciano e é pai dos garotos que ficariam conhecidos como KLB), fazia shows final de semana sim outro também.

Só que o empresário começou a voltar os olhos para uma promessa do universo sertanejo que surgia de Goiás, a dupla Leandro e Leonardo. Ronnie ficou para as linhas de baixo das conversas de venda de shows e passou de mais de cem apresentações em um ano para menos de uma por semana no seguinte.

O mercado estava em mudança. O vinil era atropelado pelo CD, ele estava com cerca de 45 anos e o pique diminuíra.

Foi então que começou a enxergar com outros olhos a televisão.

*

Em 1989, a Rede Record estava à beira da falência quando o bispo Edir Macedo decidiu comprá-la. O grupo faturava U$ 2,5 milhões por ano e custava dez vezes mais do que lucrava – U$ 20 milhões.

Silvio Santos, que adquiriu 50% da Record em 1973, por meio de um testa de ferro, já que tinha contrato e um programa de oito horas aos domingos na Globo, ordenou que a vendessem com urgência.

Edir Macedo enviou o pastor Laprovita Vieira para selar o negócio, pois considerou que se ele próprio desse a cara, dificultaria a aquisição. Na reunião decisiva, não se identificou e diante de um impasse falou:

– Podemos parar com a discussão. Eu sou o bispo Edir Macedo. Sou eu quem estou à frente da compra da Record. Vamos resolver de uma vez por todas esta situação.

Negócio fechado.

Desde o casamento com Cristina, em 1986, Ronnie andava de bem com a música.

Ele era dono do tema de abertura da novela *Sinhá moça*, com a música "Sinhazinha".

Junto ao nascimento de Leonardo, pariu o disco *Vida e volta*, na rabeira do sucesso como cantor romântico. No mesmo ano, participou do filme *A filha dos Trapalhões*, junto ao quarteto e à Myriam Rios, na época casada com Roberto Carlos.

Enquanto a venda da Record era decidida, lançou mais um disco, que levava o seu nome e que celebrava a vida que conquistara logo na música que abre o trabalho, "Eu amo amar você".

A música que abre o lado B do disco é "Sinal de vida", de autoria de Peninha, onde canta: "Tudo o que existe é sinal de vida/Calmaria, temporal, sinal de vida(...)/Alegria, prazer e dor/Sinal de vida."

Foi o nome de escolha do *talk show* semanal que ele começou a apresentar em março de 1991 na Record.

Quem tinha programa na Record era Otávio Mesquita, que levou, junto a Otávio Rivolta, o *Perfil* para o SBT de Silvio Santos e convenceu Ronnie a fazer o mesmo. Os olhos brilharam, mas antes de selar, ele pediu demissão da Record. Resultado? Ficou sem emprego.

Tinha um filho de cinco anos para cuidar, Cristina ficou grávida do segundo filho, que perderia no turbilhão, a reserva financeira foi esvaindo, moravam em casa alugada, pois havia deixado o patrimônio nos casamentos anteriores e a um mês de começar a se desfazer de bens pessoais, desengavetou o projeto Mãe de gravata.

Uma das características predominantes do marido, Cristina percebeu, é que mostrava o mesmo encantamento ao falar de carros e rock´n´roll quanto ao falar do enxoval da filha Alessandra, que casou em 1988, e coisas do lar. Herança da figura materna que exerceu após a primeira separação.

Foi ele quem ensinou Cristina a trocar as fraldas de Leonardo. Quando o filho tinha um febrão inusitado, Ronnie é quem acalmava o casal. Com todos esses elementos na mão, Cristina se juntou ao publicitário Washington Olivetto e criaram o projeto.

Em 1992 é lançado pela editora Maltese o livro *Mãe de gravata*, a experiência de Ronnie ao assumir os dois papéis quando ficou com a guarda dos filhos após a separação de Aretuza e de seu sucesso como cantor popular.

O livro virou programa de TV diário em 1999, pela então CNT/Gazeta, das 17h às 19h. O conteúdo tangenciava o pé masculino no universo feminino de culinária e entrevistas com temática supostamente feminina em assuntos de interesse direto masculino.

No ano seguinte, com os problemas financeiros da CNT pelo final da parceria com a Gazeta, Ronnie mudou o *Mãe de gravata* para a Rede Mulher.

Voltou para a Gazeta em 2004, em maio, quando começou o *Todo seu*, duas horas de duração à noite em programa que ultrapassou a década de transmissão e continua no ar até hoje. Não são poucas as vezes em que os colunistas de TV dão como certa a sua saída da Gazeta para uma emissora maior. Ronnie teve convites da Rede TV! e Bandeirantes para comandar programas e foi citado até como um possível substituto de Hebe Camargo, no SBT, após a morte da lendária apresentadora e amiga do cantor, mas segue na emissora paulistana comandando um programa que já passou a ser considerado cult até pela juventude atual.

15

No domingo, 27 de outubro de 2013, depois de dezesseis anos, Ronnie voltou a pisar em um estúdio de gravação de músicas. Na noite anterior, havia apresentado sequência do programa *Teleton*, assistencial do SBT em favor à AACD (Associação de Assistência à Criança Deficiente). Amanheceu cansado no domingo, disposto a não levar adiante a gravação que encerraria o documentário *Quando éramos príncipes*, filme do jornalista Ricardo Alexandre e direção de Caco Souza pelo canal HD da Multishow, Bis.

Ricardo e parte da equipe foram até a casa do apresentador convencê-lo a ir ao estúdio. O filme dependia daquilo, mas Ronnie estava, além de cansado, inseguro.

O início do projeto aconteceu em 2011. A ideia era seguir a linha do documentário *I just wasn´t made for these times*, de Don Was, sobre o líder dos Beach Boys, Brian Wilson. O programa, exibido em 1995, repassava a vida de Wilson e o levava de volta ao estúdio após hiato de anos.

Todas as entrevistas haviam sido feitas, com Rita Lee, José Guilherme (guitarrista do B-612), Arnaldo Saccomani, Manoel Barembein e com o próprio Ronnie. Para a sequência em estúdio, montaram repertório de quinze músicas, baixaram para doze e o grupo Os Haxixins havia ensaiado os seis meses anteriores para executar fielmente a base para Ronnie.

Na semana anterior, por problema de orçamento, os dois convidados especiais que participariam em estúdio foram cortados: Sérgio Dias Baptista, guitarrista dos Mutantes, e Edgard Scandurra, guitarrista do Ira!.

Na sexta-feira pela manhã, Ricardo recebeu uma mensagem de que Ronnie cantaria duas músicas. No domingo, nem isso queria. O jornalista o convenceu a ir ao estúdio e ao menos cantar refrões e o que quisesse.

Quando chegou ao local, no bairro da Pompeia, Ronnie ficou tocado pela simplicidade e pela reverência com que os Haxixins o receberam. Entre os integrantes – Douglas Farias (guitarra), Sir Uly (bateria), Eduardo Osmédio (baixo), Alexandre Romera (órgão) e Pedro Bizelli (guitarra), mais reforço de Marcio Boroni (percussão), Anderson Menezes (trompete), Pedro Almeida (saxofone) e Henrique Bone (trompete) – dois deles ganham a vida como pedreiros, especialistas em fazer laje de concreto.

Haviam vestido suas melhores roupas de domingo (de 1968), conseguido instrumentos fiéis ao som da época e ensaiado a ponto de gravarem um disco com o repertório em primeiro take.

Ronnie se dirigiu ao microfone e quando cantou os primeiros versos de "Regina e o mar", de *A misteriosa luta do reino de Parassempre contra o império de Nuncamais*: "Antes do meio-dia/O sonho é ilusão/É cedo e eu queria/Ah, Regina sozinha no meio do mar", todos os membros da equipe que estava na sala de comando começaram a chorar.

Como toda música poderia ser a última, o *set-list* foi sendo montado com alternância de graus de dificuldade. Grande parte das músicas nunca havia sido cantada por Ronnie, afinal o repertório era calcado nos discos de sua fase psicodélica, que não o levaram aos palcos na época mas que haviam ganho força sobrenatural desde a virada para os anos 2000. Em 2000, a banda gaúcha Video Hits gravou "Silvia: 20 horas domingo" com sucesso no universo alternativo do pop rock brasileiro. Em 2006, foi gravado tributo àquela música por diversos artistas brasileiros do mesmo nicho.

Das doze músicas, Ronnie cantou dez, até admitir estar extenuado. Além de "Regina e o mar", "Chega de tudo", "Meu mundo azul", "Contudo, todavia", "Silvia: 20 horas domingo", "Máquina voadora", "Pare de sonhar com estrelas distantes", "Seu olhar no meu", "Minha gente amiga" e "Viva o chopp escuro". Só a última não entrou no filme, exibido pela primeira vez em 2 de dezembro de 2013, dia de aniversário de 43 anos do filho Ronaldo.

Na mesma tarde em que Ronnie gravava, foi anunciada a morte de um ícone da contracultura roqueira norte-americana, Lou Reed, que no final dos 1960 com o Velvet Underground lançou discos de baixíssima vendagem à época mas que ganharam reconhecimento com o tempo e tornaram a banda uma das mais influentes da história.

Na hora de mixar o som gravado em estúdio para o documentário, quem estendeu a mão à equipe foi João Marcelo Bôscoli, que ofereceu seus estúdios Trama para apuro do produto final. Bôscoli é filho do maestro Ronaldo Bôscoli e de Elis Regina.

Dois dias antes de o documentário ser levado ao ar, João Araujo, o diretor artístico da Polydor, que lançou Ronnie Von, faleceu vítima de ataque cardíaco no Rio de Janeiro.

O produtor Arnaldo Saccomani, com certeza, é a pessoa que melhor pode definir o que representou Ronnie Von na história da música popular brasileira. Fica com ele, portanto, o resumo do homem e da obra de Ronnie Von.

— Vou deixar claro uma coisa. O Ronnie foi o homem mais bonito do Brasil. Ponto final. Não tem nenhum ator hoje em dia, não tem nenhum Gianecchini da vida nem ninguém que chegue perto dele. Eu convivi com ele, saía na rua com ele. Ninguém tem ideia do delírio. A gente não podia ir em lugar nenhum. Eram centenas de mulheres correndo atrás dele o dia inteiro. Gente acampada na porta da casa dele. O Ronnie era um homem que tinha o poder da beleza. E, ele, além de tudo, era um cara inteligente, culto, instruído e rico. Era o antigalã em termos de hoje em dia, por exemplo, onde todo mundo tem que ter sido pobre, morado na favela. O cara passou fome, daí venceu na vida. O Ronnie era o antitudo. Rico, instruído, e o cara mais boa-pinta que tinha no Brasil. Muito mais do que o Roberto, óbvio. E ele lidava de uma forma muito adulta com essa beleza. Eu nunca vi o Ronnie se aproveitar disso. Ele seduzia tudo quanto é mulher que você pode imaginar. Até filhas de presidente da República mandavam bilhetes para ele. Eu, amigo dele, recebia um monte de mulheres megafamosas, casadas. Era um assédio que hoje em dia não tem como comparar. Não existe um artista homem que foi tão assediado quanto ele foi. Trabalhei depois com o Fábio Júnior e conheço todo mundo aí. O ídolo que o Ronnie Von foi durante determinado tempo e também por causa da beleza dele é uma coisa que eu nunca vi na minha vida. Se eu ganhasse na Megasena R$ 50 milhões, e, por algum motivo, tivesse que deixar esse dinheiro com alguém, eu deixaria com o Ronnie Von. Ele é o cara mais honesto que conheci na minha vida. É ético ao extremo. É uma pessoa que antes de magoar, se magoa. É alguém em quem eu confio cegamente. Se você pegar o trabalho do Ronnie, você vê que ele sempre buscou a diferenciação. Ele buscou ser uma pessoa distante da Jovem Guarda. Claramente se distanciou o mais que pode dos outros. Às vezes de maneira correta, às vezes de maneira errada, não importa. O que importa é que ele nunca foi na mesmice. Ele foi o primeiro a gravar a versão dos Beatles. Tem ousadias incríveis nos discos dele. Foi o primeiro cara a gravar um ponto de macumba no Brasil. Isso há trinta e tantos anos.

Para o filho Ronaldo, Ronnie é mais que uma inspiração. É um modelo a ser copiado. Entre momentos emocionados narrando sua trajetória ao lado do pai, ficam marcados os tiques, as manias, o vocabulário, o modo de se vestir. Ronaldo é um misto de lembranças boas e más em um invólucro de Ronnie Von.

Leo Von mudou-se para Las Vegas para tentar carreira na música, algo que sempre foi combatido pelo pai. Não a viagem, mas a carreira. Ronnie reconhece que perdeu a batalha.

Alessandra ainda luta contra fantasmas do passado que vão desde a separação ao momento mais difícil do relacionamento de Ronnie com Bia Seidl. É carinhosa, apaixonada, mas, sem dúvida a que mais sofre com a história de vida de Ronaldo Nogueira, o Ronnie Von. O príncipe que podia ser rei.

EPÍLOGO

Antonio Guerreiro

Traduzir Ronnie em palavras talvez tenha sido um dos principais desafios profissionais que vivi. Talvez não. Foi. É.

Duas máximas tornaram-se verdades absolutas para mim durante o período em que me dediquei a este projeto:

Você não termina um livro. Você o entrega.

Escrever é editar.

Um livro sobre Ronnie Von é interminável. Mais quinze minutos de conversa e vinte novas histórias surgiriam.

Procurei buscar em cada linha a essência que vi em um colega de trabalho que em pouco tempo virou amigo e que, gratuitamente, não se cansa de repetir o quanto nos gostamos.

É difícil se distanciar quando isso acontece. Por isso, agradeço ao Ronnie por ter compreendido o meu "sumiço" por bons meses.

Aproveito, para, ao lado do meu parceiro Luiz Pimentel, agradecer a todos os que deram entrevistas para esta biografia (não citarei todos por serem inúmeros) e reforçar nosso agradecimento a:

Leandro Cipoloni, pelo telefonema que deu início a tudo. Soraia Reis, nossa editora, pela extrema paciência com os prazos estourados, Ronaldo Von pela ponte permanente entre os dois mundos, Alessandra Von pela ajuda na seleção das fotos e documentos, Beatriz Cioffi e Letícia Flores pela organização deste material, Francisco Valle pela transcrição de quilômetros de entrevistas, Maria Beatriz Sant'Ana pelas entrevistas providenciais quando os autores não puderam estar presentes além de toda força extra, Marisa Guerreiro pela energia de uma vida, Hilda Mendes por ser quem eu sou e Domingos Fraga, que colocou ordem na bagunça que fizemos.

EPÍLOGO

Luiz Cesar Pimentel

"Não sou o Jack Bauer, mas tive alguns momentos engraçados nas últimas 24 horas.

Minha epopeia começou ontem, às 20h, quando fui para a TV Gazeta gravar o programa do meu ídolo Ronnie Von, *Todo Seu*. Estava realmente feliz por dois motivos em especial:

1. Eu sou fã do Ronnie Von. Os três discos psicodélicos dele, *Ronnie Von* (1968), *A misteriosa luta do reino do Parassempre contra o império de Nuncamais* (1969) e *A máquina voadora* (1970) dormem na minha cabeceira.

2. Minha mãe é fã do Ronnie também e ficou toda animada quando disse que haviam me chamado para falar sobre meu livro, *Sem pauta*.

Cheguei à casa da minha mãe, pois a convidei para ir junto, e a encontrei toda arrumadinha.

Na Gazeta, ficamos na sala de espera, em uns sofás, e para cada pessoa que entrava ela tinha um comentário: "Esse loiro fala sobre cinema. Ele é muito bom", "O Ronnie Von brinca que essa menina que veio pegar seus dados é filha dele, e a chama de Luciana Von", "Esse rapaz que fala sobre... (esqueci, acho que era boas maneiras) é tão educado!".

Pouco depois me chamam para a maquiagem.

Como assim?

Felizmente a maquiagem significava que durante uns sete segundos uma dona moça espanaria minha cara com um pincel. "Para não dar brilho na TV", me explicou. Depois pegou uma escovinha e penteou minha sobrancelha. Admito que gostei da penteadinha de sobrancelha.

Saí da sala com o rosto quente de vergonha, com medo de estar parecendo a Ru Paul, e não tinha coragem de fazer contato visual com ninguém. Mas minha mãe garantiu que não parecia estar maquiado. Lembrei também que se quisesse levar adiante não poderia ficar olhando pra baixo na hora do programa.

Entramos no estúdio e, acomodados em umas cadeiras, Ronnie vem à nossa direção e nos cumprimenta. Um lorde, diria.

Depois da apresentação de um grupo estilo Legião-Urbana-na-roda-de-violão, o produtor pede que sigamos para o cenário da cozinha, onde rolaria o bate-papo. Era para um quadro chamado "Visão Masculina".

Ronnie faz a entrada triunfal e se dirige a mim: "Poxa, mas nem te cumprimentei direito ali...". E eu, grosso como uma mula, achando que seria engraçadinho: "Pois é, me ignorou!". Sorte que ele riu.

Junto comigo estava sendo entrevistado um ator, Antônio Petrin. Ronnie apresenta o ator, que solou sobre a peça de Becket em que atua por uns dez minutos. Quando chegou a vez de me apresentar, já estava meio zonzo da explicação empolgada sobre a peça. Nem lembro o que respondi, foi no automático.

Eis que ele saca a arma: "Mas como vocês devem saber (Nota da redação: eu não sabia), este é o espaço masculino do programa, onde discutimos mulheres. E o tema de hoje é traição!".

Como assim? Traição? Onde há um gancho entre um livro de reportagens, diários e fotos de viagens internacionais e traição? Mas Ronnie é Ronnie.

"Luiz, por esses lugares malucos por onde você passou, em qual achou que as mulheres eram mais diferentes das brasileiras?" Também não me lembro direito o que respondi. Falei algo sobre a China, sobre abortos de meninas pela preferência de se ter filhos homens e sobre a deusa viva do Nepal, a Kumari, e escapei pela tangente.

Mas Ronnie não se mostrou satisfeito.

"E por esses lugares malucos por onde você passou, onde a traição é punida severamente?"

Falei sobre a Índia, casamentos arranjados e também sobre práticas de extirpação de clitóris no Sudão. Naquela situação, poderia discursar uns bons minutos sobre crescimento sustentável na física quântica, dada a minha saia justa.

Mas estava divertido. Muito divertido, aliás.

A saia só voltou a apertar quando o jantar foi servido.

Sim, no quadro os convidados jantam. E claro que para um vegetariano como eu eles serviram peixe. Mandei ver no risoto de pupunha e na gota de maracujá de sobremesa, e escondi o peixe embaixo de umas bananas assadas. Mas tive que elogiar. 'Delícia, Jorge!' (Jorge é o nome do cozinheiro que foi convidado.)

Chegamos à reta final do programa e eu tento mais uma vez ser engraçadinho. Ronnie, que nunca deixa de ser Ronnie, solta uma: "Vocês acham que aquele cara ruim no babado, ruim na horizontal, tem mais chance de...?", e coloca os dois dedos formando chifres na cabeça.

Mando de sem pulo: "Ah, Ronnie, isso aí não saberei te responder", achando que estava emendando direto no ângulo. Percebo que: 1. Ou ele não entendeu a piada, 2. Ou, pior, não gostou da piada. Foi quando ele perguntou: "Por quê?". Na hora, desceu como um raio a ideia de que, se ele não entendeu a piada, o público também não teria entendido. Fico com vontade de arrancar minha língua e me enforcar com ela, e solto um tímido "Tô brincando".

Ronnie, que é sempre e eternamente Ronnie, finaliza com um "Amo todas vocês", dirigido às telespectadoras. O ator se levanta e ficamos o Príncipe e eu terminando a sobremesa e conversando sobre o Camboja.

Momento inesquecível, diria: discutir política internacional com meu ídolo.

Tiramos uma foto para o site do programa e Ronnie engata uma conversa com a diretora do programa.

É a deixa para que chame minha mãe e a apresente ao mestre.

– Ronnie, esta é minha mãe, Felícia, e é a primeira vez que ela fez questão de acompanhar a divulgação do livro.

– Assisto você todos os dias. E lembro até da primeira vez que você apareceu na TV, magrinho, cabeludo...

Sim, eu sou fã do Ronnie, mas minha mãe além de fã dele é fã do programa. Ele faz justiça ao apelido de Príncipe e a trata com o máximo cavalheirismo. Vibro internamente por esse momento dela.

Peço para tirarmos uma foto e ela pede para que o Fabio Arruda (que também participa do programa) junte-se a nós.

Saco os discos da minha bolsa e peço para ele autografá-los.

– São piratas, né? Pois é, esses discos não foram lançados em CD, mas a Universal está fazendo uma caixa com eles, descubro o furo.

Ronnie pega a caneta e escreve a dedicatória mais incrível de todos os tempos: "Luiz Cesar, as verdades psicodélicas são permanentes. Abração do Ronnie Von".

E no outro é o Ronnie Von pós-psicodelia: "Ao Luiz Cesar, as canções e o carinho do Ronnie Von".

Conta que o Bar Íris, da introdução de "Silvia 20 horas domingo" não existe e nos despedimos.

Porque o Ronnie é sempre o Ronnie."

Escrevi esse texto em 2006, cerca de um ano depois de ter conhecido meu companheiro de livro, Antonio Guerreiro, e um dia depois da primeira vez que encontrei Ronnie Von na vida. Guerreiro, aliás, foi quem fez a ponte para que eu fosse ao programa dele, mostrando que as coisas sempre encaixam onde têm que encaixar. Não importa o quê.

Nesse dia, Ronnie me tratou como um lorde. E continuou com o mesmo tratamento em todas as dezenas de vezes que nos encontramos desde então. Ele tem isso, o carisma de fazer com que todo mundo se sinta especial durante um encontro. Na verdade, ele acaba nos mostrando isso, já que todo mundo realmente é especial.

Minha felicidade maior foi ter levado minha mãe ao programa. Foi a única vez que fiz questão que ela fosse a um evento de divulgação que participei. Ela vibrou quando soube que esta biografia estava nascendo.

Ela acompanhou todas as entrevistas. Menos a última, que aconteceu já em 2014. Pois faleceu em 2013, de maneira repentina. (Mas que mãe não falece de maneira repentina?)

Tudo o que queria é que ela lesse tudo o que escrevi sobre Ronnie Von. Não foi possível. Então dedico cada letra da minha coautoria do livro a Felícia, minha mãe.

De algum modo, espero estar fazendo justiça a ela. E ao cara que é Ronnie.

DISCOGRAFIA

RONNIE VON

1966 - Ronnie Von

1. Meu Bem (Girl)
2. Pobre de Amor (Norweggian Wood)
3. Pequeno Príncipe
4. Soldadinho de Chumbo
5. Meu Pranto a Deslizar (As Tears Go By)
6. In My Life
7. É Só Amor (It´s Only Love)
8. Amor, Nada Mais (Here, There, Everywhere)
9. Minha Crença (For No One)
10. Meu Mundo Parou
11. Paraíso
12. You´ve Got to Hide Your Love Away

1967 - O Novo Ídolo

1. A Praça
2. Escuta Meu Amor
3. Vamos Protestar
4. Canção de Ninar Meu Bem
5. Igual a Peter Pan
6. Vamos Cantar
7. Se Alguém Chorou (Walk Away Renné)
8. A Catedral (Jardim Da Capelinha) (Winchester Cathedral)
9. O Carpinteiro (If I Were A Carpenter)
10. Menina-Flor
11. Minha História
12. O Mundo Que Eu Pensei

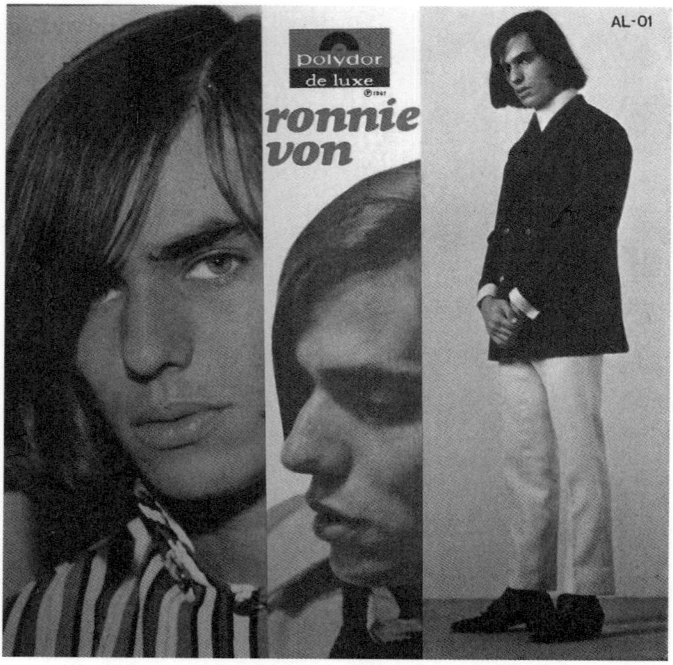

1967 - Ronnie Von 3

1. Uma Dúzia de Rosas
2. O Homem da Bicicleta
3. A Chave
4. Minha Gente
5. Belinha
6. Vamos Falar De Você
7. Soneca Contra o Barão Vermelho
8. Pra Chatear (Rosa Vermelha) Com Caetano Veloso
9. A Filha do Rei
10. Meu Mundo Azul
11. Último Homem da Terra
12. O Manequim
13. A Importância da Flor
14. Jardim de Infância

1968 - Ronnie Von

1. Meu Novo Cantar
2. Chega de Tudo
3. Espelhos Quebrados
4. Silvia: 20 Horas, Domingo
5. Menina de Tranças

6 A. Nada de Novo

6 B. Lábios que Beijei

7. Esperança de Cantar
8. Anarquia
9. Mil Novecentos e Além
10. Tristeza num Dia Alegre
11. Contudo, Todavia
12. Canto de Despedida

1969 - A Misteriosa Luta do Reino de Parassempre Contra o Império de Nunca Mais

1. De Como Meu Herói Flash Gordo Irá Levar-me de Volta a Alfa Centauro, Meu Verdadeiro Lar
2. Dindi
3. Pare de Sonhar com Estrelas Distantes
4. Onde Foi
5. My Cherie Amour
6. Atlântida
7. Por Quem Sonha Ana Maria
8. Mares de Areia
9. Regina e o Mar
10. Foi Bom
11. Rose Ann
12. Comecei uma Brincadeira

1970 - Máquina Voadora

1. A Máquina Voadora
2. Baby de Tal
3. O Verão nos Chama
4. Seu Olhar no Meu
5. Imagem
6. Continentes e Civilizações
7. Viva o Chopp Escuro
8. Enseada
9. Tema de Alessandra
10. Águas de Sempre
11. Cidade
12. Você de Azul

RONNIE
VON

1972 - Ronnie Von

1. Cavaleiro de Aruanda
2. Tempo de Acordar
3. Veja com Olhos de Ver
4. Eu Era Humano e Não Sabia
5. Camping
6. Aquela Mesma Canção
7. E essa Gente Passa Cantando
8. Hare Krishna
9. Tereza Cristina
10. Roke pros Meus Nervos
11. Céu Vermelho
12. Ninguém Vai Me Segurar

1973 - Ronnie Von

1. As Coisas Vão e Voltam Mas Acabam em Rock And Roll
2. Banda da Ilusão
3. Gira-Girou
4. Velho Sermão
5. Linda Morena
6. Deus Sul-Americano
7. Santa Maria
8. Você se Foi
9. Essas Coisas Acontecem Sempre
10. Ana Maria
11. Amores Perdidos no Ar
12. Os Frutos do Amor

RONNIE
VON

1977 - Ronnie Von

1. Num Canto da Sala
2. Velhos Amigos
3. Uno
4. Dia de Folga
5. Assim numa Avenida
6. Cavaleiro da Floresta
7. Tranquei a Vida
8. Personagem de um Sonho de Verão
9. Close to You
10. Concreto, Certo e Defino
11. Risque
12. O Que Será (A Flor Da Terra)

1977 - Deje mi Vida (em espanhol)

1. Deje mi Vida
2. Recordando
3. Que Será que Será
4. Uno
5. Ell Heroe de um Sueno de Verano
6. Volveras
7. A un Canto de la Sala
8. Dos Vida
9. Say Latinoamericano
10. Borra mi Nombre de tu Cuaderno
11. El Cabellero del Bosque
12. Dia Libre

1978 - Ronnie Von

1. Rosto Suado
2. A Vida É... (Um Grande Rock)
3. Vida Marcada
4. Por Todas as Coisas
5. Cá Entre Nós
6. Começo

1. Pra Ser Só Minha Mulher
2. Soledad
3. Amigos e Amantes
4. Casa Vazia
5. Se Eu Pudesse
6. Cara e Coragem

1981 - Sinal dos Tempos

1. Visagem
2. Como Vai Sua Vida
3. Bobo Rei
4. Direito e Avesso
5. Recaminho
1. Sinal dos Tempos
2. Seu Lugar
3. Mulher Ideal
4. Cicatrizes
5. Último Lance

RONNIE VON

1984 - Ronnie Von

1. Do Jeito que Tá
2. Cacho de Uva
3. Sessão da Tarde
4. Pássaro Raro
5. Cachoeira

1. Você Faz Bem pra Mim
2. Mais Que Um Beijo
3. Sabor de Rosa
4. Só Pra Te Guardar
5. Foi Bom Te Encontrar

1987 - Vida e Volta

1. Minha Dona
2. Pra Conversar
3. Coração Moleque
4. Rua Ramalhete
5. Com Você
6. Mel e Mal
7. Vida e Volta
8. Próxima Atração
9. Canção sobre Viver

RONNIE
VON

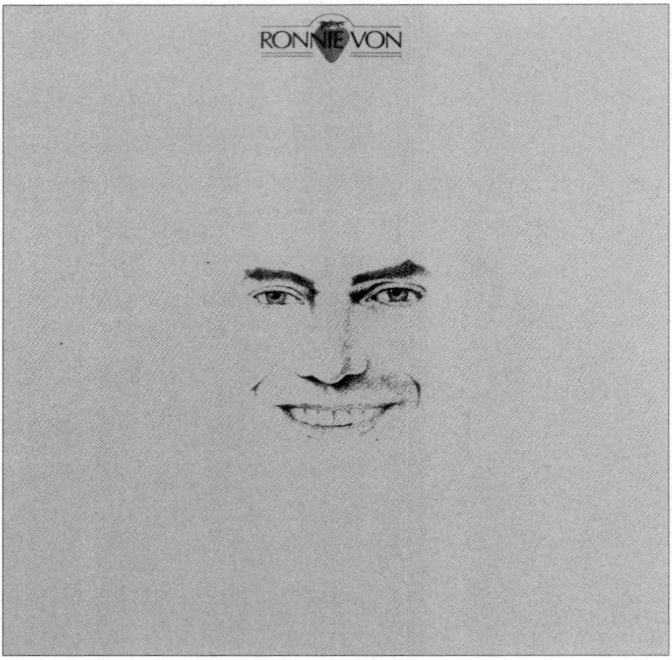

1989 - Ronnie Von

1. Eu Amo Amar Você
2. Catalina
3. Capa da Playboy
4. Criaturas Aladas
5. O Gosto do Morango
1. Sinal de Vida
2. Ciladas e Armadilhas
3. Esse seu Jeito
4. Um Beijo a Mais
5. Sem Hora

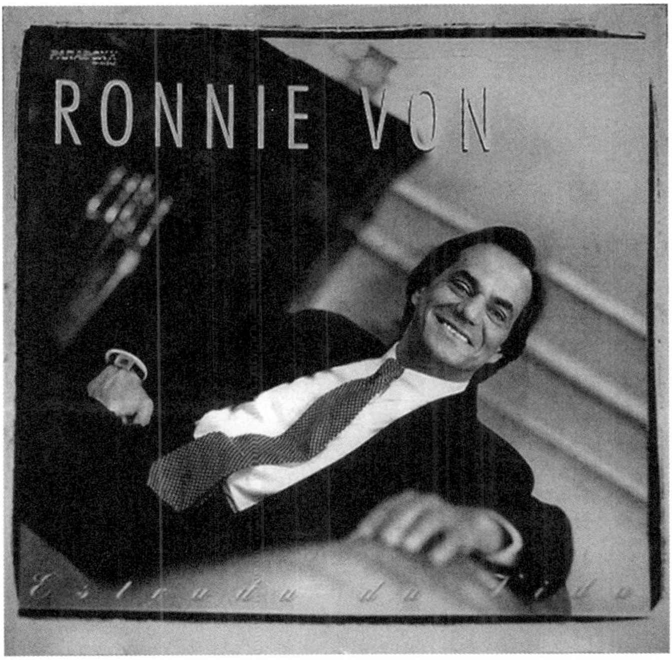

1996 - Estrada da Vida

1. Estrada da Vida
2. Um Pai, Um Filho
3. Você e Eu
4. Pra Ser Só Minha Mulher
5. Amigos Não
6. Silêncio
7. Cotidiano
8. Pra que Mais
9. Não Faz Sentido
10. Só Há Nós Dois no Mundo
11. Se Eu Fosse Um Anjo
12. A Vida Num Instante

EPs

- 1966 - Meu Bem
- 1967 - O Novo Ídolo
- 1968 - Pra Chatear
- 1969 - Ronnie Von
- 1977 - Ronnie Von
- 1977 - Ronnie Von

Compactos

- 1966 - You Got To Hide Your Love Away / Meu Bem
- 1967 - A Catedral / Menina Azul
- 1967 - A Praça / Canção de Ninar Meu Bem
- 1967 - Música Para Ver a Garota Passar / Jardim de Infância
- 1967 - Uma Dúzia de Rosas / Belinha
- 1968 - Ele Tem Você / O Susto
- 1968 - Moto Perpétuo / Riso Flor
- 1969 - Sílvia 20 Horas Domingo / Espelhos Quebrados
- 1969 - Regina e o Mar / Comecei uma Brincadeira
- 1969 - 120 Kilômetros por Hora / Lady Lady
- 1969 - Regina e o Mar / Flash Gordon - em espanhol
- 1970 - De Como Meu Herói Flash Gordon Irá Levar-me de Volta a Alpha de Centauro Meu Verdadeiro Lar / Onde Foi
- 1970 - Baby de Tal / Viva o Chope Escuro
- 1970 - Máquina Voadora / Enseada
- 1970 - Seu Olhar no Meu / Cidade
- 1971 - Minha Gente Amiga / Segundo Motivo
- 1971 - Hei Amigo / É Preciso Aprender
- 1972 - Tempo de Acordar / Aquela Mesma Canção
- 1972 - Cavaleiro de Aruanda / Tereza Cristina
- 1973 - Colher de Chá / Coisas que Acontecem
- 1973 - Banda da Ilusão / Você se Foi - em espanhol
- 1974 - Banda da Ilusão / Velho Sermão
- 1974 - Certo e Errado / Deus Sul Americano
- 1975 - Aria / Nem Tudo Está Perdido Agora
- 1977 - Deje mi Vida
- 1977 - Num Canto da Sala / Velhos Amigos
- 1978 - Rosto Suado / Pra Ser Só Minha Mulher
- 1978 - É Mais Fácil Sorrir do que Chorar / Soledad
- 1983 - Cachoeira / Mi Amoroso Amor

Participações

- 1966 - Os Novos Reis do iê-iê-iê, coletânea
- 1967 - Os Novos Reis do iê-iê-ê. vol. III, coletânea
- 1967 - 3° Festival da Música Popular Brasileira, vol. 1, coletânea
- 1967 - 3° Festival da Música Popular Brasileira, vol. 2, coletânea
- 1967 - Garota de Ipanema, trilha sonora
- 1967 - Os Novos Reis do iê-iê-iê, vol. IV, coletânea
- 1968 - Música Jovem, coletânea
- 1984 - A Filha dos Trapalhões, filme de Renato Aragão
- 1970 - A Próxima Atração, trilha sonora
- 1971 - Sucessos de Ouro, coletânea
- 1973 - Sucessos de Ouro, vol. 3, coletânea
- 1973 - Phono 73, vol. 1, coletânea
- 1973 - 4 Sucessos de Ouro, vol. 1, coletânea
- 1974 - 4 Sucessos de Ouro, vol. 3, coletânea
- 1977 - Cinderela 77, trilha sonora
- 1995 - 30 Anos de Jovem Guarda, boxset
- 1996 - Jovem Guarda ao Vivo - O Novo de Novo, coletânea
- 2000 - Deus Abençoe as Crianças, coletânea

Este livro foi composto em Garamond
para a Editora Planeta do Brasil
em Julho de 2014